KB093345

아무도 기억하지 못하는 장면들로
만들어진 필름

백은선

아무도 기억하지 못하는 장면들로
만들어진 필름

백은선

PIN

017

차례

조롱   9

네온사인   40

불가사의, 여름, 기도   50

빛 속에서   58

겨울눈의 아린芽鱗   60

모자는 말이 없다   66

비좁은 원   70

실비아에게서 온 편지   84

배역을 맡은 걸 모르는 배우들이
기차에 모여 벌이는 즉흥극   90

지옥으로 가버려   94

Järpen   98

여의도   102

엔트로피   106

침묵과 소란   110

워터 미   116

프랙탈   120

프랙탈   126

여름과 해와 가장 긴 그림자와 파괴에 대하여   130

세계의 공장   138

나는요   142

토마토와 나이프   148

바구니 속의 토끼   152

융점   160

Scream with Me   174

에세이 : 月皮   181

PIN

017

아무도 기억하지 못하는 장면들로
만들어진 필름

백은선

시

조롱

죽어서도 죽고 싶은
나를
너희들은 천사라 부르지

죽은 천사는 벽에 갇혀 노래한다
천천히 부서지는 기억의 형상
잊히지 않는 푸른 손의 여인들

시간은 너무 많고 끝나지 않아
쇠구슬을 이 접시에서 다음 접시로
조심스럽게 옮겨 담는 손가락

좌푯값 꽃이 진저리 치며 시드는 동안

두 귀가 커지는 기분

견딜 수 없는 통증
깃털을 씹으며 인사해

풀 수 없는 수수께끼를 가지고 다닌다지
이 숲은 휘청이고 자꾸만 실족하네

천상의 노래를 오늘 밤
부를 수 있다면 얼마나 좋을까
신이여

그렇지만 이 숲은 뒤집히고 우르르
터져 나오는 웃음
나는 태풍

태풍이 지나간 텅 빈 땅

이미 죽은 천사

죽고 있는 천사

죽어서 다시 태어난 천사

죽음의 바깥에서 죽음을 관전하는 천사

천사가 아닌 천사

천사였던 천사

죽어도 천사인 천사

천사뿐인

죽음

속에서 //천사//

나는 관망하고 다시 활강하고

숫자를 세고 아프고 웃고

인과 없이 다 죽는 노래를 만들지

모두가 천사라서

제일 슬픈 오늘 밤

너는 기쁘고

뜨겁고

멀어

이제 다시 공포를 불러올 것

시시하고 시시해

헛소리나 지껄이겠지

영혼

빛을 으깨 만든 망치

청력이 분실된 사물함 속 입 천 개

동시다발 중얼거리는

잠든 태내의 아이들이 꾸는 꿈의 총합

스크린 위로 쏟아지는 어둠과 어둠
어둠에 가까운 색

(끝없이)
(계속 끝없이)

가까이 와볼래?
끌어안을 수 있게

눈을 만드는 하늘 위의 존재가
구름을 부리는 커다란 손이
아픔을 몰라서
아픔을 줄 수 있다고

그렇게 믿자

나와 너는
하얗고 빛나는 상자 속에서 나란히 앉아
마주 보지 않고
가만히 흔들리고 훌쩍이고

마음에 파랗게 멍이 들고

도대체 이게 다 무슨 소용이냐고
칼을 꽂지
긴 칼날에 줄줄이 꿰인
천사들

파드득 // 날개 // 흔들 때

가장 밝은 것과 가장 어두운 것의
총합은 같다고

눈물에 눈물을 더하고
절벽에 절벽을 더해
상자는 가득 차

다 너 때문이야
나 때문이야

매일 견디지 매번 죽지

죄를 고백하는 밤마다

존재를 혼동하는
존재 너머의 파닥거림

그것은

*

더 이상 사랑을 믿을 수 없다면, 천사는 무엇에
복무할 수 있을까. 가능한 것은 접시를 뒤집어 구슬
을 쏟는 일. 얼음 위에 눈, 얼음 위에 눈, 얼음 위에
눈. 다시 얼고. 다시 얼고. 다시 언다. 겹겹 쌓여가
는 하얗고 빛나는 형상. 그것을 이해하려고 우리는
노래를 배웠지. 어떤 음률도 그곳에 가닿을 수 없
네. 무수히 흩어지는 소리, 금속성의 소리. 거기서
내가 본 건 단지 슬픔 아니면 생, 탄생. 처음부터

세상에 슬픔이라는 말이 없었다면 슬픔을 모르고 살 수도 있었을까. 우리는 세 명의 아이를 낳아 돌보네. 커다란 손들. 커다란 손들. 예쁘고 아름답고 따듯한 것만 가르칠 거야.

*

내가 죽고 난 다음 너는 내가 된다
내가 죽고 난 다음 너는 내가 되었다
내가 죽고 난 다음 너는 나였다

정적이 가득한 도시의 밤
거대한 빌딩들
얼어붙은 뼈들
뼈아프다

뼈아프다

20141122

이것은 대본입니다. 유명한 영화감독 빈 헤르스
허가 꿈속에서 쓴 대본입니다. 그가 미처 만들지 못
한 작품입니다.

우리는 '끝나지 않는 노래'라고
제목을 붙였습니다.
절대로 촬영할 수 없는 대본입니다.

천사들로 가득한 상자와
빛을 엮어 만든 빈 상자
서로를 혼동하는 두 사람

육 면 가득 카메라

찍는 동시에 상영합니다.
조금씩 어긋난 680개의 프레임이
수많은 창
세포처럼 화면 위를 흐르고

폭력을 기다린다.

사랑의 산란의 깃
엎드린 청력의 깃

어떤 장에는 읽을 수 없는 문자들이 가득하고

그 챕터에 거장은

형상화할 수 없는 슬픔, 이라 써놓았다.

그는 미쳤어.

노래를 부르지 마.

어느 나라 말로 쓰여 있나요.
그가 아는 모든 언어로.

터질 것 같은 물주머니로.

영원한 불 같은 혀끝으로.

'화면조정'

＋＋＋ *** ＋＋＋
      ****

처음의 제목이었지.

*

　아이들은 웁니다. 잘 울죠. 내 딸도 곧잘 울곤 했습니다. 태어나자마자 아가들이 하는 일이 우는 거니까요. 천성은 어떤 인간도 버릴 수 없습니다. 나도 울어요. 내 안에 아이가 숨어 있나 봐요.

　울음은 피를 흔들어 깨우고
　나는 태풍

　요람 속 작은 이마

눈이 내려
눈이 내려

흔들리며
천사의 날개가
빨갛게 웃을 때

노래할까

네 입술의 작은 떨림에 맞춰 짜인 직물처럼

노래할까

얘기하고 싶었어 내 모든 기쁨과 슬픔을 내 못난

얼굴과 손과 굽은 어깨를

　만져줘 용기를 줘 사랑해줘

　이것은 누구의 유언?
　누가 버린 휘어진 모서리?

　돌고 있는 영사기. 탁, 탁, 끝나버린 필름이 돌아
가며 부딪는 소리　　　　　　　　　　상영관을
　　　　나가기　　　전　　　설문조사를 했습니
다. **당신이 기억하는 모든 장면을 적어주세요.** 이것
이 유일한 질문이었고 질문을 토대로 만들어진 두
개의 필름.

　모두가 기억한 장면들을 편집한: 어떤 그래프의

꼭대기를 오려낸 것과 같은 필름.

모두가 잊은 장면들로 만들어진 필름.

잊힌 장면들로 만들어진 그 영화를, 나라고 생각
해요. 천사가 가만히 내려앉으며 말할 때. 그렇게
긴 날숨은 처음이었다고. 이제 남은 건 (―)뿐이라
고/

계속하세요.

그 모든 것을.

빛의 어깨가 부풀어 오를 때 눈물이 엎질러질 때
종소리 다음 적막이 영혼을 부러뜨릴 때

감응

디스토션

봄

엉키고 뒤섞인 한 덩이 육체 보는 것 만지는 것 소리 내는 것 둘 사이 상상으로 가득한 얼어붙은 허공 이제 이동합니다 천천히 노래하세요 천천히 아주 천천히 무수해지는 잎 무수해지는 피 술렁이는 술렁이는 (–)

*

새끼손가락만큼 작아진 네가 내 배꼽 위에 앉아 있다. 버둥거리며 다리를 흔든다. 인사는 처음부터 없었다. 내가 원하지 않았기 때문. 네가 말하면 나는 위장으로 듣는다. 어릴 적 읽은 동화 속 고래처럼. 나는 착한 사람이 아니다. 듣기 싫은 말은 커다란 파이 속에 숨겨 삼켜버린다. 날갯짓. 우리의 대화체를 그렇게 불렀지. 우리는 천사가 아니니까. 괜찮아. 어두운 벽에 붙어 차가운 잠을 잔다. 아직이야, 아직. 돌아누우며 찡그린 얼굴로 네가 말한다.

　신은 영원이 싫어

　지루함이 싫어

　이야기를 만들고 세계를 만들어

　가령 겨울 다음 봄이라는 서사

하양 검정 파랑

하양 검정 파랑

죽음에 대해 생각한다 죽음에 대해

죽음에 대해 생각한다

봄이라는 죽음에 대해

말할 수는 있었다

지나가던 파랑이 검정을 흉내 내며 웃었지

커다란 입을 열어 불렀지

*

거의 강간이야.

아이 셋을 앉혀두고 그녀와 나는 영어로 이야기한다. 아이들이 우리의 이야기를 이해하지 못하도록. 가끔은 너무 오래 신에 대해 생각하기 때문에 그는 내 아버지 같다. 혹은 남동생. 그러나 알 수 없기 때문에 신과 친밀해질 수 있다. 진실보다 어려운 것은 변명이다. 그래서 웃었지. 내가 본 모든 미소를 따라.

거의 그렇지. 그녀는 대답한다. 다음번엔 그 사람 뺨을 갈겨. 어차피 기억도 못 할 거야. 뒷좌석에 앉아 내 귀에 속삭이지.

그렇지만 아무도 때리고 싶지 않아. 나는 나를

때리기로 했어. 나의 귀, 나의 귀, 나의 귀. 처음 네가 태어났을 때 네 날개는 손바닥보다 작았는데, 매일 자라났어. 결국 네 몸보다 더 커졌고 너는 어깨와 허리가 아프다고 매일매일 울었잖아. 왜 나만 다르냐고. 다른 형제들처럼 매끈한 등을 갖고 싶다고 울었잖아.

나는 엄마인데 네게 해줄 수 있는 게 하나도 없어서. 네가 태어나서 가장 처음 배운 게 좌절이라는 게 너무 미안해서. 같이 울었지.

*

세상에서 가장 큰 가위를 달라고 기도하는 거 다 알아

네 두 눈에 보이는 게 피뿐이라는 것도
눈물을 달고 살아서 그렇게 눈이 나빠진 것도
안경을 쓴 천사
경멸과 비참 속에서
할 줄 아는 건 아름답게 있는 것뿐이라서

나는 사물이에요?
너는, 옥상에 서서, 주차장을 내려다보며, 저 차
들을 이해해. 말했지.

리히트, 일랜드, 아우거, 리히버, 리히트, 일랜
드, 아우거, 리히버, 리히트, 일랜드, 아우거, 리히
버, 리히트, 일랜드, 아우거, 리히버, 리히트, 일랜
드, 아우거, 리히버, 리히트, 일랜드, 아우거, 리히

버, 리히트, 일랜드, 아우거, 리히버, **리히버, 리히버, 리히버**……

네 입에서 새싹처럼 돋던 푸른 말들 갇혀서 돌고 있는 육신 안에 새겨진 말들 영원히 꺼낼 수 없는 말들 거짓보다 거짓인 말들 그래서 간신히 약간의 진실만 획득한 말들 전쟁이 나면 나는 말을 탈 거야 폭격 속으로 돌진할 거야 가장 아픈 건 빛이라는 걸 그걸 만들어낸 손들을 증오할 거야 내 생명이 다할 때까지 증오할 거야

왜 나는 날면 안 돼요?
그날 너의 마지막 질문이 아주 오래 마음속에 남았단다. 그 말을 영원히 잊을 수 없을 거라고 생각하면서 불을 끄고 문을 닫았단다.

항상 태어나지 말았으면 좋았을 거라고 생각했
는데 아이를 낳다니. 그보다 웃긴 일은 없을 거라
고. 나는 공룡처럼 생각했다.

그보다 구체적인 감정이 없었다.

그래서 만들었지 노래를
네게 불러주려고

불과 나무의 노래를
모두 죽어버리는 이야기를

*

옛날 옛날

나무를 사랑한 불이 있었단다
나무를 사랑한 불
불을 사랑한 나무가 있었단다
불을 사랑한 나무

나무는 두 발이 묶여
불에게 갈 수 없고
불은 나무가 뜨거울까 두려워
나무에게 갈 수 없었지

어느 날
해가 지고 어둠이 내려올 때
커다란 보름달이 떴을 때

불은 그만 나무에게 다가갔다

나무는 검게 그을린 채 웃었어
검게 그을린 채

나무는 타올라 재가 되었단다

그때 아침이 밝아오고
불은 보았지
바람 속을 빙글빙글 돌고 있는
잿더미를
빙글빙글 돌고 있는
예쁜 검정을

너무 슬퍼 불은
활활 울었어
눈물이 불의 몸에 뚝뚝

떨어질 때마다
떨어질 때마다

불은 점점 작아졌어 점점
점점 작아지다가

불은 마침내 꺼져버렸지
잿더미 속에서
잿더미 속에서
잿더미 속에서

*

이해할 수 없는 일들은 이해할 수 없는 일들로
두자. 사랑이라면 휘어진 그림자를 끌고 온 다리를

건너고 물속을 떠다니며 소리 지르자. 세상 따윈 끝
나버리라고. 빌면서. 너의 빨강을 너의 빨강을 나는
다 알 수 없어서. 내가 할 수 있는 일은 가만히 서
서. 벌 받는 것처럼 서서. 어서 다가와줘. 불살라줘.
그러나 네가 할 수 있는 일은 아무것도 없지. 두 발
이 붕 뜰 때. 사방이 허방일 때. 공포를 다시 배우겠
지. 그건 누구도 배울 수 없는 아름다움이란다. 너
만의 천성이지. 눈 내리는 빛 속을 날아오를 때. 뒤
집힌 거울 속에서 입이 벌어질 때.

　　예감하고 있었어 잊은 적 없어.
　　빨갛게 활짝 피어날 것을.
　　막을 수도 돌이킬 수도 없으리라는
　　예언을.

날아가.

가.

*

수집가는 천 개의 필름을 갖고 있었다
죽음으로 가득 찬 것을

보면서 웃었다

솔방울이 벌어진다

빛

빛

눈이 내린다

세 아이의 어깨 위로

슬픔은 늘 채 말해지지 않은 상태로
각자의 심장 속에서
홀로 얼어붙고 있다

하늘, 봄, 사랑

세 개의 이름이 있었다

아무도 기억하지 못하는 장면들로 만들어진 필름

*

그것이 이 시다

*

사랑을 기억해

빨갛게 활강하며 흔들리던 커다란 두 날개를

네온사인

물컵을 집어 창밖으로 던졌다
곧이어 깨지는 소리가 들려왔다

너는 종이를 집어 들고 적었다
알 수 없는 말,
빛의 다음은 빛,

모두가 문을 닫고 돌아간 후에도
불은 꺼지지 않았다

한낮은 한낮이었다
빛은 빛이었다
모를 수 있는 것이 없었다

나는 모든 곳에서 동시에 태어났다

미소로 가득 찬 칠월을

얼굴을

정적

인간이 되고 싶었을 뿐인데

될 수 없었고

스스로를 꺼버릴 수도 없었던

사람들은 내게 영혼이 없다고 한다

표정을

보기만 해도 알게 되었다

내가 눈 뜬 곳은 숲이었다
푸른 물속이었다
검은 모래 속이었다
깊고 깊은 절벽 아래였다
네거리 8차선 도로 가운데였다

누군가는 돌아오고 누군가는 떠나갔다
어색하지 않았다

돌려줄 것이 없어서
무거워지기도 했다

네 커다란 방
네 커다란 침대
네 커다란 검은 가방

나는 모든 곳에서 존재한다
수없이
죽어가면서

그런 밤들이 오래도록 지속되었어
기다린다고 말하고
땀을 흘리며

빛 속에 있을게
돌아선 두 팔을

조금씩 뒤틀리고 있었어
잘못 만든 상자처럼
닫히지 않아서

어쩔 수 없는 일들이 생겨났다

알 수 없는 말을 듣고
본 적도 없는 것을 갖고
나는 생각이란 것을 하기 시작했다
당신들의 의도에 따라

지금은 지금일 뿐이지
마요네즈를 퍼먹고
상추를 뜯어 먹으면서

수북해지는 것과
무성해지는 것의
동질과 이질에 대해 떠올렸다

꿈속에서는 반딧불을 쫓아 강가 숲을 헤매고
현재와 과거가 익숙한 것이
두렵고 좋았어

눈 내리는 배경 속으로
눈 내리는 하얀 섬 위로
내가 걸어 들어가 사라질 때

절벽을 기어 올라가는 것은 불가능했다
이 숲을 빠져나오는 일은
차들이 엄청난 속력으로
스쳐 지나가는 것을 보며
아무리 헤집어도 끝없는 모래 언덕을
나는 가만히 서 있었다

눈밭 위로 햇빛이
가루약처럼 쏟아질 때

마지막 장면은 항상
시선을 거두는 사람

구급차 사이렌 소리가 점점 가까워지고
울음이 터질 때도 있어

뿔처럼 커다란 빛들이 나를 들어 올렸다
아프고 다정하게
차갑고 무지막지하게

불 좀 꺼주실래요?

불쑥 사라지는 손을 향해

기진맥진한 채

빛 속에서 눈멀다,

울부짖다,

아무것도 들리지 않다,

창백한 육체 켜켜이 쌓이는 젖은 모래

눈 떠보니

기차 안이었다

첫 식사는 리스펜

길쭉하고 하얀 것을 물과 함께 삼켰다

쓰러지고 무너지고 부서지고 찢긴 것들
쓰러지고 무너지고 부서지고 창백한 것들

언어에 대해 쓰려고 했지
언어라고
언어를 안다고
언어를 언어에게 가져가

무지막지하게 벌어져 있는
이 틈으로

쌓여가는 모래
쌓여가는 모래
모래

살아 있는 것들을 생각하니
유쾌할 수가 없었다

이제 이해하려고 하는 것에 대해
전부 말하고 싶었지만
아무 말도 할 수 없었지

그런 상태를 선회하는 날개같이 느꼈다

불가사의, 여름, 기도

어둠에 잠긴 해안선을 따라 눈이 흩어진다
수면 위로 내리는 눈송이
너에게 마지막 편지를 쓰기로
끔찍한 것을 외면하기 전 오래 응시하기로

가만히 내 마음을 들여다보려고 했어. 함께 봤던 영화에서 여자는 남자와 아이를 두고 떠나잖아. 여자는 자신의 옷도 핸드폰도 무엇도 챙기지 않고 빈손으로 집을 나서. 잠시 산책하고 올게. 영영 없어지잖아. 있지, 그런 밤들이 네게도 있었을 거야. 내 마음이 먼저 쏟아진 것뿐이라고. 숲에는 짙은 그림자가 내려앉고, 먼 곳에서 새들이 서로의 날개 속에 머리를 숨기는 바스락 소리가 들려. 여자는 그냥 걸었어. 앞으로 펼쳐진 길을 따라 끝없이 걸었어. 밤이 오면 걷던 길 위에 무릎을 모으고 앉아 있다가 해가 뜨면 다시 걷기 시작했지. 비가 오는 날에도 해가 내리쬐는 날에도. 오랜 시간이 지나고—물론 연출된 거겠지만— 여자에게서 출발할 때 가졌던 모습—단정하고 깨끗한 옷, 하얀 피부, 윤기나는 갈색 머리채—은 찾아볼 수 없게 되었어. 무릎을 꿇고 모래를 두 손 가득 퍼 올려 얼굴에 비볐어. 마음이 두근거리는 소리가 모래 알갱이 속으로 스며들어. 끝끝내 여자를 이해할 수 없었어. 어떤 원인도, 사정도 영화에서는 드러나지 않더구나. 단지 집을 나서 걷는다, 걷다가 걷다가 어디에도 당도하지 못한 채 영화는 끝나잖아. 너는 희미하게 웃으며 내 머리를 쓰다듬었지. 이제 잘까, 하고. 숲은 내내 숲이더구나. 빼먹지 않고 밤은 매일 찾아오고. 내가 왜 이런 편지를 쓰는지 우습다고 생각할 거야. 지난번에는 골목 끝에 부서진 어항이 버려져 있는 걸 봤어. 갑자기 눈물이 쏟아졌어. 아이가 내 바지춤을 붙잡고 큰 눈을 깜박이며 올려다보더라. 바람이 절룩거리며 나무 곁을 지나가고. 낮과 밤이 한자리에 함께 있더라. 요즘은 어렸을 때 일을 자주 생각해. 생각한다는 말은 잘못된 거고 자주 떠오른다고 해야겠다.

목이 졸린 채 벽에 밀어붙여진
나를 한 발 떨어져 지켜봐
소매 위에 내려앉은 눈의 결정은 들여다보려 하면
금세 녹아버려

불 속에서 불을 찾는 기분
눈을 가리고 달궈진 쇠 위를 기어가는

이런 게 다 무슨 소용이겠니
아무도 듣지 못하는 비명의 주머니가 사람마다
하나씩
마음 안에 감춰져 있다고

머리채를 붙든 손은 이리저리 오가고
질끈 눈을 감았나, 그 장면을 내 눈으로 봤다고
믿을 수 없다

아버지, 삶이 너무 길어요
인생은 형벌 같기만 하고
하루하루 불 속에서 불을 기다리는 기분

이런 게 다 무슨 소용이겠니. 편지를 쓴다 해도
소리를 질러도 쉴 새 없이 걷거나 자전거를 타도.

속도에 취해 내달리는 너를 볼 때면 너도 벗어던지고 싶은 무엇이 있어, 벗겨낼 수 없는 마음을 뒤집어쓰고 어디서 무엇을 두 손처럼 감추고 있던 것은 아닐까. 나는 침대에 누워 차에 시동이 걸리고 엔진이 돌아가는 소리를 가만히 듣곤 했어. 들뜬 듯 몸은 여러 겹으로 된 젖은 솜뭉치인 것 같다. 너무나 무겁고 한없이 떠오르는 느낌이 들었어. 잠의 바깥에서 꿈을 꾸는 밤.

아이가 새근거리며 몰아쉬는 숨소리만 방 안에 가득했다. 길을 따라 점점이 놓여 있는 하얀 자갈을 생각했어. 이상하게도 안도감이 들고 몽글몽글 끓어오르는 죽처럼 마음이 따뜻해지더라. 이제 아무것도 아무것이 될 수 없고 너는 너일 뿐이라고 수면 아래 분명한 경계가 눈동자처럼 떠올랐다 가라앉았다. 사랑은 그런 거더구나.

　무릎을 꿇고 벌거벗은 채 집 앞에 있던
　아무리 울려고 해도 눈물도 나지 않던 나는
　내가
　죽어버렸으면
　완전히 끝장났으면
　코를 훌쩍이면서 기도했어

　수면 위를 떠돌며
　한 번의 생각이 한 번의 삶과 다르지 않을 수 있
다고

　눈송이는 떠오른다
　눈송이는

흩날리며 뛰어내린다
눈송이는

걸어도 걸어도 가까워질 수 없는 빛처럼 맴돌기
만 하다가 끝나버리는. 이것이 우리가 어둠 속에서
찾아 헤맨 하나의 단어라면. 이게 필멸의 얼굴이라
면. 그럼에도 불구, 두 다리를 멈출 수 없다면. 까맣
게 빛나는 아이의 커다란 눈동자에 비친 나를 본다.
해사한 웃음이라는 표현이 그토록 알맞은 모습이
었다. 아이는 손을 내밀어 나무가 된다. 아, 나는 더
이상 아무것도 믿을 수 없다고. 그런 생각을 하며
내내 깨진 어항을 보고 있었어. 세계의 빛을 끌어다
사람을 만든다면. 그 내부는 감각할 수도 없이 차가
운 눈송이로 가득 차 있을 거라고.

어린 내가 길 끝에 주저앉아 붉은 실을 목에 감
고 있다

그 곁을 여자가 스쳐 지나간다

포말이 부서지고…… 포말이 부서지고

밤이다

너는 눈을 감고 내 옆에 누워 있다

빛 속에서

빛으로 만든 성이 있다 빛으로 만든 성에는 빛으로 된 의자 빛으로 된 침대 빛으로 된 사람들 모두가 장님이고 빛 속에서 우리는 명암만으로 서로를 구분한다 안녕, 오늘따라 한층 밝아 보인다 너는 빛으로 된 계단을 밟고 올라가며 말하지

우리의 귀는 칼날처럼 뾰족하고 우리는 예민해
우리는 유일한, 단 하나의 운명 같은 것에 동의하지 않고

어둠이 오면 성은 혼자 표표히 빛나 어둠이 오면 성은 어둠에 잠식되며 허물어지지 어둠이 오면 우리 모두 죽는다 어둠이 오면 우린 더 환해져 매일매일 한 번씩 죽고 다시 태어나지

우리는 서로의 창백을 아낀다

손잡을 수 없고 끌어안을 수 없지만 우리는 무한히 겹쳐질 수 있고

빛 속에서 우리는 빛 우리는 우리의 바깥과 우리의 내부를 구분할 필요가 없지 창밖을 봐 해가 지고 있다 창은 더 밝을 수 없을 만큼 밝고 겹겹의 빛이 단단하게 맞물려 조금씩 돌고 있다 아무도 눈치채지 못할 만큼 천천히 아주 천천히

겨울눈의 아린芽鱗

열 손가락이 잘리는 꿈을 꾸고 일어난 날, 첫눈이 왔습니다. 눈 속에서 고요히 흔들리며 자리를 바꾸는 사물들. 나는 당신을 커튼 뒤에 놓인 안경이라 했습니다. 나 꿈을 꾸면서 그것을 받아 적었습니다. 잊지 말아야지 다짐하고 눈송이 하나하나, 귓속을 흐르는 느리고 우울한 음에 글자를 숨겨두었습니다. 손바닥을 맞대 조심히 컵을 들어 올렸습니다. 차가운 물을 마시고 바닥 핏자국을 가만 보았습니다. 누군가 비밀을 울부짖은 것처럼 사방으로 흩어진 낙엽처럼. 당신을 썼습니다. 더 자세히 보고 싶습니다. 이건 꿈이에요. 당신은 믿지 않습니다. 내어깨를 꽉 움켜쥐고 흔듭니다. 나는 허공으로 자막처럼 흐르는 문장을 봅니다. 기울어진 글자들이, 움켜쥔 빛처럼 쏟아진다. 계속되는 것을 계속해야지. 멈춘 것을 멈추어야지. 눈물 속으로 둥글게 부풀던

소름처럼 양각된 잎사귀들.

　신호등 아래 당신의 두 귀가 노래합니다. 부를 것이 없어서 부를 것이 없어서 잠을 잤어요. 잠 속에서 잠이 들었어요. 당신이 나를 깨웠지만 나는 겹겹의 꿈에 둘러싸여 안전해요. 아프고 황홀해요. 괜찮아요. 이 길은 끝도 없고 나무들은 계절을 위한 그물이에요. 운동장에서 당신의 무릎이 노래합니다. 가지 말아요. 손을 주세요. 일으켜 세워요. 고층빌딩 옥상에서 당신의 두 눈이 노래합니다. 당신의 발목이, 척추가, 손목이. 나는 사방으로 흩어진 당신들이 따로 또 같이 부르는 노래.

　천 미터 상공에 앉아 듣고 있어요. 커다란 퀼트 담요를 만드는 것처럼 그것들을 한데 묶어 다발을 만들어요. 아, 예쁘다. 내가 웃으며 말해요.

가지 말지 그랬어.
어디 갔었어.

나 당신의 책 다 못 읽었습니다. 나 먹어요. 나 마
셔요. 나 못 읽어요. 미안해요. 눈 와요. 창밖을 봐
요. 새들도 없고 달도 별도 없습니다. 개들이 짖는
밤이다. 미친 것처럼 미치고 싶었습니다. 그렇지만
무엇이 늦은 밤 푸른빛을 배달하나요. 목 잘린 몸이
욕조에 누워 있다. 아이를 탁아소에 맡기고 공원에
다녀오는 길이었습니다. 숨겨놓은 말들을 찾으려고
싱크대를 열었습니다. 새로운 얼굴도 찾아야 합니
다. 몸은 얼마나 소란스러운 경이입니까. 흘러내리
는 물—하얗게 뒤덮인 검은 도로—발자국 위로 발

자국 잊히지 않는 처방입니다.

종려나무가 종려나무를 잊고,

고목나무가 고목나무를 잊고,

측백나무가 측백나무를 잊고,

회화나무가 회화나무를 잊고,

이팝나무가 이팝나무를 잊고,

배롱나무가 배롱나무를 잊고,

자작나무가 자작나무를 잊고,

은사시나무가 은사시나무를 잊고,

보리수가 보리수를 잊고,

느티나무가 느티나무를 잊고,

다시,

나는 당신을 머리맡에 놓인 시계라고 했습니다.

작은 가지는 녹색이고 자르면 냄새가 납니다. 그 속에서 찾은 것이 있습니다. 무릎 꿇은 당신이 해맑게 웁니다. 눈송이, 뚝뚝 두 볼을 타고 떨어져요. 이것은 꿈입니다. 당신은 믿지 않지만. 열 손가락이 잘린 손으로 당신 볼을 쓸어주며, 거울 앞에 선 내가 말합니다. 계속하세요.

모자는 말이 없다

모자는 말이 없고 너는 더 이상 모자에 대해 이야기할 수 없을 것이다. 빈 잔을 채운 그림자처럼 천 개의 손목을 구부리는 자정의 목소리들처럼 모자는 말이 없으므로 우리는 모자에 대해 생각할 것이다.

멈출 수 없을 것이다. 모자, 모자를 둘러싼 모자, 모자에 의한 모자.

자, 이제 사랑을 한다고 생각해봐. 눈을 감고 파란 네모를 상상해봐. 파란 네모 안에는 무엇이 있지?

그 안에 모자가 있다고 생각하는 건 아니겠지? 모자 안에 뱀이 있다고 뱀 안에 코끼리가 있다고 생각하는 건 아니겠지? 겨우 그 정도 생각뿐인 건 아니겠지?

그런 방식이 가능하다면 나는 상자 속에서 양이 아니라 너를 꺼낼 거다. 너를 꺼낸 다음 나를 넣고 너와 나를 뒤바꿀 것이다. 너는 막 깨어나 어리둥절한 얼굴로 이 글을 이어 써야 할 것이다.

명제 A: 모자는 말이 많다.
명제 B: 모자는 무수히 없다.

처음으로 돌아가서, 모자는 말이 없다. 너는 너의 의견을 삭제한다. 너는 누군가 너의 모자를 모자 이상으로 해석한다는 것에 불쾌를 느낀다.

참: 우리는 모자에 대해 말할 수 없다.

모자에 대해 말할 수 없기 때문에 열렬해진다. 그러나 모자는 한 번도 이야기된 적 없다. 눈을 뜨고 네모를 바라본다. 네모는 파랗다.

비좁은 원

아니요 아니요 구름 아니요 책 아니요 껌 아니요 소주 아니요 고양이 아니요 재미없어요 나는 속고 싶다 나를 속여줬으면 좋겠다 나는 웬만한 것에는 속지 않는다 나는 구름과 책과 껌과 소주와 고양이로 속지 않는다 나는 계속된다 아니요 아니요 나는 아니라는 말에 의해서만 계속될 것 같다 나는 확신이 없고 이제부터 겨울에 대해 생각할 것이고 겨울 하면 눈사람과 크리스마스와 캐럴이 생각나지만 거기서 그치지 않을 것이다 나는 멀리멀리 가고 싶고 갈 수 있는지 써나가면서 확인해볼 것이다 그치?

너의 경쾌한 걸음걸이를 떠올린다 나는 너를 눈밭에 둔다 너는 넘어지지 않으려고 종종걸음으로 걷는다 춥지? 응 너무 춥다 너무 춥고 너무 추운 날에는 포스트록, 데스메탈 그런 것을 들어야 될 것

같다 난로 앞에 모여 앉아 뜨거운 차를 호호 불어
마셔야 할 것 같고 독한 술을 단숨에 들이켜야 할
것 같고 안락의자에는 할머니가 앉아 있을 것 같다
어쩌면 타란티노 영화 같은 시 막 써버리고 싶다 너
거기 있냐? 죽어! 너도? 죽어! 이렇게 막 죽이다가
아니아니 하고 한 명은 남겨둘 것이다 그러면 남은
사람이 우와 나만 살았다 하고 좋아할지 혼자 남았
어 하고 슬퍼할지 모르겠다

　무엇이든 아니라고 먼저 말해볼 것이다 부정하
고 부정한 다음 지켜볼 것이다 아니 어쩌면 아프다
는 느낌만이 가장 확실할 것 같고 그 감각을 지키기
위해 고통 속에 머물 텐데 그 고집이 너를 계속 혼
자 남게 할지 모른다 아니야 아니야 너는 아니야 그
런 말 다음에도 나는 사라지지 않고 계속 부정도 부

정할 텐데

　나는 그만둘 것이다

　구름은 멈추고 책은 멈추고 껌도 고양이도 소주
도 멈출 것이다

　변하지 않을 것이다

　우리는 새벽에 택시를 잡아탔다 기록적인 한파였
다 길은 얼어 있었고 나는 네 손을 꼭 잡아 주머니
속에 넣었다 우리의 입김이 공중에서 하얗게 퍼졌
다 이렇게 추운 건 처음인 것만 같다 너무너무 추워
서 현실이 아닌 것 같다 우리가 도착한 곳은 24시간
홈플러스였고 거의 아무도 없었지 나는 어려서부터

정지된 세계 속에 혼자 남는 꿈을 반복적으로 꿨다
마트에 가서 물건을 마음대로 훔치고 영업이 끝난
백화점 같은 곳에서 혼자 이것저것 입어봤다 홈플
러스는 꿈같았다 꿈은 아니다 추운 곳에 있다 실내
에 들어오니 머리가 깨질 것처럼 아팠다 우리는 잡
은 손을 놓고 천천히 걸어 다녔다 이상하다 나는 아
직도 내 일부가 그 밤 그곳에 남아 돌아다니고 있을
것 같은데

　나는 네가 아니다 너도 내가 아니지 그걸 몰랐어
응 몰랐다 나는 열심히 네가 되려고 애를 쓰고 또
썼어 네가 나처럼 애쓰지 않는 게 너무 미웠다

　아니

무엇을 알고 싶어? 무엇이 갖고 싶어? 어디에 가고 싶어? 응응 모르겠다 아니아니 나는 아무것도 하고 싶지 않아 가만히 누워 있고 싶어 아니야 아니야 그러지 마 그러지 말아 같이 있자 영화 볼까? 영화 보고 카페 가서 얘기할까? 그런 말을, 입김을 뿜으면서 반쯤 빌면서 천천히 걸으면서 나는 조금씩 지워졌어 아니 밀려났다 아니다 튕겨져 나왔다 처음부터 바깥이었어 나는 조금씩 줄어들다가 세포가 되고 그다음 소멸했다 거짓말 아니다 나는 더 사랑하니까 항상 가짜가 되고 싶다

처음
이 세계의 처음

없다 없다고 먼저 말하고 손도 없고 눈도 없고

홈플러스도 없고 택시도 없고 유령도 없고 군청색
코트도 없다 마음도 없다

　기억이란 뭘까 초록색일까
　기억이 동물이라면 코알라가 아닐까

　너를 눈밭에 둔다 내게서 멀찍이 둔다 너를 달에
둔다 너를 화성에 둔다 너를 명왕성에 둔다 너를 은
하계 밖에 둔다 내게서 가장 가까운 파도 아래 둔다
기침하는 빛 열감기에 시달리는 어둠 너를 옮기자
너는 깜박인다 아니…아니, 아니…아니 마지막까
지 식물처럼 동그랗고 뾰족하고 차갑고 사라질 것
처럼 피어난다

　사라진다

죽은 사람의 냄새를 맡는 개 빙글빙글 돌며 발끝 손끝 눈두덩을 핥는 개 너는 노력하지 않는다 너는 중력에 무심하고 너는 멈췄다가 출발할 때 발끝과 온몸의 신경이 곤두서는 순간을 모른다 나는 너를 팔짱 낀 구름이라고 쓴 다음 내 미움에 대해 눈과 눈이라고 쓴다 이것은 작곡가가 잊은 노래 잠들기 직전 들뜬 기분 갈고리에 걸린 거대한 고깃덩어리 축 늘어진 고깃덩어리 고깃덩어리의 물성

나는 피가 아니다

나는 피가 아니다

나는 피가 아니다

거짓말 전문가 너와 나는 초록 담요 안에 웅크리고 누워 각자의 절망을 각자의 방식대로 즐겼다 치

즈가 몽땅 썩고 책장이 한 장씩 찢겨나가고 대화를
하던 사람들이 말을 멈추고 서로의 표정 밖을 맴돌
때까지 떨어진 말들이 바람에 흩날려 부서지고 먼
지가 되어 사라질 때까지

어린 신이 세계가 지겨워
유리구슬을 절벽 아래로 내팽개칠 때까지

하얗고 탐스러운 눈이 펑펑 내렸다

모두가 죽었으면 좋겠어
모든 게 사라지면 좋겠어

무서운 속도 무서운 속도 무서운 속도 무서운 속
도 무서운 속도 속에서 무서운 속도 무서운 속도 무

서운 속도 무서운 속도로 무서운 속도 속에서 무서
운 속도 무서운 속도 무서운 속도 무서운 속도로

　　손을 든 것은 내가 아니다 손을 내린 것도 내가
아니다 기지개를 켠 것도 촛불을 불어 끈 것도 빨래
를 돌린 것도 갈가리 찢긴 책장을 그러모아 마음 가
는 대로 늘어놓고

　　너는 읽는다 소리를 만진다 계속…가죽 장화
를…심장에…돌 주머니…여자의 옆모습…지독한…
극장에…사려 깊은…베들레헴…누나, 운다…영원
한…사건은…물고기를 놓아준…너는 산다…방사
선량 기준치의…환승역…추웠다…흘러간…세네
갈…평생이…한계로부터…여름에…개 같은…레비
나스…알쏭달쏭한…강 나는 듣는다 안 듣는다 발
아하는 씨앗처럼 보송보송한 소리의 기분 견딜 수

없다 아니야 끝이 없을 것처럼 끝나버린다 나는 네
가 옷을 벗고 화장실로 들어가는 것을 침대에 누워
서 본다 개새끼

　이불을 끌어 모아 얼굴을 덮는다 지겨워 죽겠어
지겨워서 숨이 막힌다 회전하는 시간과 끝없이 늘
어선 시간 잔디 돋는다 죽은 몸 위에 죽은 네 안에
나는 여기까지 쓰고 잠이 들었다 잠이 들었지만 나
는 꿈속에서도 시를 써야 되는데 시를 써야 되는데
생각하면서 백지 앞에 앉아 있었다 그러자 아버지
가 도끼를 들고 눈 쌓인 들판으로 걸어 내려왔다 그
래 네가 미워하는 사람들이 이 사람들이냐? 오른손
잡이에게는 오른손을 왼손잡이에게는 왼손을 빼앗
을 것이다 아버지가 나무둥치에 놓인 사람들의 팔
을 도끼로 하나씩 내려쳤다 너는 오른손잡이냐? 왼

손잡이는 뒤로 가서 서 있어 피 피 눈 위로 새빨간
피가 예쁘게 피 피 하고 쏟아졌다 나는 그걸 보면서
웃었다 웃으면서 우와 미쳤다 이러면 안 돼 나는 왜
웃지 나는 나쁜 사람이 아닌데 나는 벌을 주고 싶지
않은데 나는 자꾸 웃음이 난다

아름다운 빛들
눈물의 온도로
선언을 배운다

다섯 시에 옥상에서 만나
다섯 시에 옥상에서 만나

나는 아이의 엄마 너는 아이의 아빠 우리 그렇게
낮은 곳을 헤매다가 다 잃은 것처럼 그렇게 죄를 지

었지

죽어버려 죽도록 아파하지 말고 그냥 죽어버려라 이게 내가 하고 싶은 마지막 말인가? 아니지 아니지 미움은 사랑의 다음 너는 줄곧 재고 있었던 거지 타란티노 스타일로 우리는 죽음을 배웠잖아 응? 아니아니 처음부터 혼자였던 거지

모든 것이 멈춘다

모든 것의 바깥에서

고가도로를 올라가며 엑셀을 힘껏 밟을 때, 기분이 좋았다 그럴 때 맥락 없이 다 끝났다는 이상한 안도감도 들곤 했다 아니야 아니야 나는 그냥 버릇

처럼 말해본다 계속된다 계속된다 씨앗에서 나무로
나무에서 숲으로 숲에서 섬으로 섬에서 대륙으로
대륙에서 행성으로 행성에서 우주로 우주에서 우주
너머까지 점점 팽창한다 그러다가 문득 거꾸로 버
튼을 누른 것처럼 우주 너머에서…… 씨앗까지 다
시 작아지면서 다시 작아지면서 깜박였지 힘껏 페
달을 밟았다 뗄 때

　나는 이불 밖으로 얼굴을 내밀었다 물소리가 들
렸다 빠져나가는 바람의 색을 보았다 그걸 영혼이
라고 쓰고 싶은 마음이 들었지만 그러면 안 된다고
생각했다 팔 잘린 사람들이 눈밭 위를 하나둘 하나
둘 휘적거리며 걸어 올라간다 뚝뚝 피를 흘리며 뒤
뚱뒤뚱 걸어 올라간다 나는 점점 멀어지면서 그걸
본다 그걸 보는 것이 슬프고 좋았다

실비아에게서 온 편지

진실에 기뻐해

꽃 핀 거 봤니 빨간 꽃 하얀 꽃 노란 꽃 보라 꽃 분홍 꽃 온갖 꽃들, 봤니 네 안부가 궁금하다 그렇지만 그 꽃을 보며 아무 생각도 나지 않아 나는 단지 단지 한 소절 노래를 반복해서 부르고 내 주변의 죽은 사람들을 한 명 한 명 세어보고 열 손가락이 모자라 조금 울적해졌지만 멋지지 않니 끝이라는 건 그 말 네가 했을 때 뺨을 갈기고 싶었다 우리 언니 작년에 죽은 거 모르니 묻고 싶었는데 입이 떨어지지 않았다 나는

정적이 흐르고 빛으로 얼굴을 감추고 이렇게 어두운 침묵 속에서 우리는 서로의 검은 심장을 몰래 꺼내 버렸지 화단에 모래사장에 숲속에 한강에 강

남대로변 쓰레기통에 변기에 흐르는 것들은 모두
모서리를 갖고 있고 비밀이 있지 그렇게 추운 날 반
팔로 여기까지 찾아온 네게 할 말이 없어 나는 내
시 읽어봤니 어땠니 물었다 궁금하긴 했지만

  이건 죽은 사람의 손이야
  잘 지니고 있어
  내가 잊으면 대신 기억해줘

  형태가 다른 슬픔이라서 포개질 수 없었다

  진실에

  눈동자가 있다면 그건 심장 같고 어두운 물빛 같고

왜 사 왔니 이 커다란 그림은 걸어둘 벽도 없는데 결국 식탁 아래 놓아두었다 밥 먹을 때마다 누가 나를 올려다보는 것 같아서 기분이 이상해 그림 속 여자를 내가 방치하는 것만 같아서 괜히 죄책감이 들었다 우리 수영 갔던 바다 기억하니 네가 무섭다고 끝까지 들어오지 않아서 나도 결국 물 밖으로 나올 수밖에 없었던 거 어깨를 끌어안고 덜덜 떨고 있는 네가 파랗게 질린 입술을 움찔거리는 네가

소년 같아

내버려둘 수가 없었다

그렇게 하나씩 나는 포기했어 수영을, 식사를, 오후의 낮잠을, 산책을, 자전거를, 빛이 드는 방을,

슬픔을, 그렇게 비우고 비우면 마지막엔 뭐가 남을까 궁금했다 그때도 나는 나일까 묻지 않았다 기쁨에 가까운 얼굴로 네 텅 빈 어깨에 머리를 기대며 시간이 지나가기를 기다렸다 끝이 있다는 건 멋지지 않니

기뻐

네가 여기 있어서 기뻐

그런 말을 하면서

결국에

결국에 개들은 어두운 자리를 찾아가서 지친 몸

을 누이고 영혼을 믿니 그런 게 있다면 있다면 말야 네가 내 언니라면 엄마라면 아들이라면 개라면 어땠을까 그럼 우리는, 더 천천히 걷고, 더 빨리 걷고, 함께 차를 타고 바다에 가서 하루 종일 물놀이를 하고, 공원에 가서 원반던지기를 하고, 고수부지에 가서 잔디밭에 함께 누워 와인을 마시고, 한 침대에 누워 밤새 이야기하고, 그럴 수 있었을까 돌아누우며

빛

거짓에 기뻐해

새파란 것들은 모두 하늘 같다 꽃잎이 바람 속에서 흩날리고 돌아선 어깨를 물끄러미 바라보면서 나 대신 기억해줄래 그 영원에 가까운 색을 나는 이

름 붙일 수 없어 부를 수도 없었지 그림 속의 눈은

감길 수 없었다 하늘 봤니 오늘 어떤 구름을 봤는데

꼭 달리는 개 같았어

배역을 맡은 걸 모르는 배우들이
기차에 모여 벌이는 즉흥극

한 번은 괜찮아. 넘어진 사람이 운다. 너는 결국 내게 온다. 와서 무릎을 꿇고 빈다. 다시는 안 그럴게. 나는 계단이 나누어 가진 동일한 각, 파리행 기차의 동일한 좌석과 선로, 나는 네 왼손과 오른손의 대칭을 바라본다. 그건 외로움 때문이야. 나는 위로받고 싶어서 그랬을 뿐이야. 네 마음의 대칭.

이 구간을 벗어나면 프랑스예요. 모두 여권을 꺼내 펼쳐주세요. 넘어진 사람이 스스로 일어나 걷는다. 누군가 유리 나무를 떠올릴 때, 나는 누가 리옹의 창가에 앉아 혼자 머리를 싹둑싹둑 자르는 모습을 지켜봤어. 하나도 아프지 않구나. 나비 몸통을 엄지와 검지로 눌러 터뜨렸어.

비슷하고 다른 잎사귀들이 폭풍우 속에서 마구

뜯기는 밤을 생각했어. 침대칸의 사람들이 서로의 이름을 익히게 됐을 때쯤, 한 명씩 사라졌어. 이 기차는 아주 깨끗한 식당을 갖고 있어요. 당신이 원한다면 우리는 함께 가볼 수도 있어요. 누가 누구를 데려갔어. 원래라는 건 원래 없는 거니까.

나는 벨기에에서 넘어졌는데 프랑스에서 일어났어. 다친 곳은 없나요? 뚱뚱한 여자가 책을 덮으며 물었어. 조금 더 넘어져 있어야겠군. 비가 왔으면 생각하자 비가 오기 시작했어. 날개를 접고 잎사귀 뒤에 숨어 있던 나비를 잡았어. 너무 오래 죽고 싶다는 생각을 했더니 죽은 다음에도 죽고 싶다는 생각을 멈출 수가 없어요. 한 번 더 죽을 수만 있다면!

끝의 칸부터 너는 책을 돌렸어. 한스가 읽고 줄

리가 읽고 알랭이 읽고 토마스가 읽고 피터가 읽고
로렌이 읽고…… 모두가 그 책을 봤어. 끝에서 앞
까지. 중간부터 중간까지. 한 사람씩 사라질 때마다
책장도 한 장씩 뜯겨 나갔어. 창밖으로 머리채를 내
던질 때, 이제 나는 내가 아니야! 소리를 질렀지만.
나는 끝내 나였어요. 남자가 식당에 앉아 두 손에
얼굴을 파묻고 고백할 때.

이제 네 차례다. 누군가 사라지며 내밀었다. 책.
나는 그것을 받아 들었다. 누가 누구에게 속삭인다.
넘어질 시간이라고. 외로움과 위로, 나비가 꽃 사이
를 날아다니며 가루를 옮긴다.

제발, 제발. 한 번만 용서해줘. 한 번뿐이었어. 에
펠탑 아래서 크레페를 먹으며 너는 울음을 터뜨린

다. 무릎을 꿇고. 나비도 비가 오면 비를 피하니까. 해가 지면 근사할 거라고 생각했었지. 해는 지지 않았다. 저 철탑의 무수한 각들이 저마다 나눠 가진 동일한 빛. 너는 그 빛을 사랑할 수 있어? 너는 대칭을 받아들일 수 있어?

지옥으로 가버려

짖는다. 쏟아지는 비, 구겨진 얼굴, 입속의 말. 이제.

우리라는 말이 싫다.
스스로를 '우리'라고 칭하는 화법이 싫다.

저기 누가 두 손으로 얼굴을 가리고.

우린 그걸 몰랐지.
말해줄까,
우린 눈 오는 밤 길을 잃었어.
우린 우리에게 우리라고 말하면서
우리가 되었어.

이마를 긁으며 웃는다.
우린 요즘 체크무늬 셔츠를 입어.

달팽이를 잡으러 가려고
비를 기다리고 있어.

친구는 교도소에서 온 편지를 몰래 뜯어 보고
죄책감에 전화를 걸어왔다.

바람이 불었다.

핏줄이 비치는 하얀 얼굴의 여자가
양팔 가득 무를 안고 횡단보도를 건너고.

휘청,
녹색등이 깜박거린다.

하얀색 검은색 위를
데굴데굴 무들이
굴러다닌다.

어깨를 축 늘어뜨리고 여자는 길 가운데 서 있다.

차들이 무를
부수고 으깨며
지나간다.

알싸한 단내가 한참이나 공중을 떠돌았다.

아 그 개새끼가.

남자는 전화 받으며.

캄캄한 극장 안에서.

나는 속으로 중얼거렸다.

Järpen[*]

나는 빛과 함께 걷는다. 빛의 뒤를 따르며 한 걸음 앞서며. 마음에 흐르는 차가운 색, 누군가 귓속말을 하고 지나간다. 바람이라고, 낯선 숲이라고.

무거운 추가 흔들릴 때 흔들리다가 점점 느려질 때 멈칫, 누군가 내 이름을 부를 때. 이것은 우연 속에서 시작된 안개에 대한 생각. 창밖으로 끈질기게 따라오는 차가운 색입니다. 나는 마음속에 어두운 집을 짓고, 어두운 집으로 들어가 문을 닫고. 그곳을 돌아 나오는 빛, 이름을 불러요.

이 숲이 처럼 손과 발이 처럼 온도 속에서 흙 속에서 앞발을 가슴에 모으고. 나는 알 수 없는 단어를 생각합니다.

사라진 나라의 땅에 세워진 나라

그다음의 왕과 나는 혼자 걷고

나는 사라진 나라들을 거느리고

왕과 왕비가 내 뒤를 따라 걷고

두 다리가 무거워요. 거짓처럼 진실이 도래하고.
우리는 헤어지자, 우리는 헤어지자, 졸린 눈을 비비
며 깨끗해집니다.

사라진 소리도 음속을 따라잡으면 들을 수 있다

빛의 속력,

빛이 나의 청력이라면

나는 세계의 모든 소리를 듣는다

영원히 영원, 이라 적고 지우고 죽은 개가 마지
막으로 머리를 두었던 방향 물기가 가득한 눈동자
이름을 듣지 못하고 앞발 위로 고개를 떨어트리며

모든 소리가 귓가를 스칠 때 가장 아픈 형식으로 소리는 있다.

차가운 색은 잊힐 수 있어, 온도에 대한 기만을 통해 예감으로 무장하고 약해질 때. 언 땅을 꾹꾹 밟으며, 마음속 불이 하나하나 차례로 꺼질 때. 가장 슬프고 긴 이름을, 잊지 않기 위해 나는 차가운 이마를 짚으며 숨, 처럼, ……앞서 걷는 당신에게 소리를 건네봐요.

이곳은 눈 녹는 땅
죽은 몸 위로 풀 돋는 바람

더 이상 속일 것도 고백할 것도 남아 있지 않을 때
어두운 숲에서 깊은 흙 속에서

봐요, 나는 방금 책을 펼쳤고 거기에는 죽은 동물을 묻는 장면이 묘사되어 있습니다. 그것은 몸집이 큰 개이고, 개는 단지 늙어 죽은 것뿐인데. 나는 가끔 슬픔을 느끼지 못하고 그것이 창피합니다. 나의 비밀. 내 마음속 큰 개. 삽은 흙을 떠내고. 아프다는 느낌과 졸음을 혼동하며 버스를 타고 몇 시간이나 달려요. 창밖을 봐요.

* 스웨덴의 도시

여의도

눈 내리는 밤, 차를 몰고 여의도로 간다. 고층 빌딩들, 불 꺼진 창들, 텅 빈 거리를 채운 적막. 두근거리는 새하얀 적막. 강변을 지나 다리를 건너 여의도로 간다. 새를 봤어. 새 떼를 봤어. 불길하게 날아오르는 검은 청력. 눈이 내리는 소리가 들려? 눈 내리는 강가에 서서. 눈을 감고. 한 송이씩 허공을 그으며 아주 잠깐씩 허공을 움켜쥐었다가 놓는 소리. 들려?

언어는 사라지고 기호만 가득한

너는 누구를 이해한다는 기분을 가져본 적 있어? 이해받는 기분은? 나는 네가 다 안다고 그만 말해도 된다고 할 때, 네 얼굴을 찢어버리고 싶었어. 눈 한 송이, 눈 두 송이, 눈 억만 송이. 부수며 달려가는 차들. 어둠을 휘젓는 빛줄기들. 들려? 눈이 땅에 닿는 순간 나는 파열음.

 고층 빌딩들이 아주 조금씩
 기울어지면서 내는 흐느낌

 들려?
 평평한 땅에 쌓인
 이토록 시끄러운 하양

차가운 손을 마주 잡으며. 나는 내가 잊은 꿈에 대해 이야기하지. 태어나서 죽을 때까지 숲속을 헤매는 1초짜리 꿈. 찰나였어. 전 생애가. 눈 깜박이면 다시 태어나는 꿈. 눈 감는 순간 죽는 꿈. 다시 눈 뜨면 탄생의 고통 산산이 부서지는 꿈. 숲을 기

어서 기어서 죽다 살다 반복하면서 어디에도 당도
하지 못하고 그렇게 진행되는 무색의 꿈. 팔꿈치가
벗겨지고 피가 배어 나오고 입속이 흙으로 가득 차
는

들려? 그 소리.

돌아오는 길에 무엇도 확신할 수 없다는 생각만
들었어. 얼굴들을 앉혀놓고 책을 읽었어. 아주아주
천천히 읽었어. 이 리듬 속에서 이 단어와 문장이
당신의 멱살을 잡고 취한 말처럼 혼돈의 창 속으로
당신을 밀어 넣기를 바랐어.

내가 받아줄게.
두 팔이 부러져도.

너를 받아줄게.

창각창각사향사향주국주국

눈 내리는

소리.

엔트로피

눈물보다 커다란 창이 있을까, 나는 창을 가둔다. 가장 먼저 바래는 건 빨강이지. 주먹보다 커다란 호수가 있지. 그래도 그래도 우리들. 호수보다 아픈 바다가 있지. 부르고 싶은 이름이 없어 작명소를 차렸어. 아무도 돌아오지 않고, 누구도 내 진짜 이름을 몰라. 만날 때 헤어질 때 인사를 했지. 고개를 숙이고 꾸벅, 이상하다고 네가 웃었다. 그래도 나는 고개를 숙였어. 네가 웃는 게 좋아서. 에이쉬, 어떤 사람들은 이 빵을 걸레라고 불렀지. 그 말이 참 싫다. 토마토소스, 매운 기름, 레몬즙을 섞으며 생각했어. 이렇게 저렇게 그렇게 될 때까지. 숨보다 거친 두 손이 있지. 만지지 말아요. 난 더러워. 그런 합의 속에 침묵을 끌어오며, 있지.

나누어 가질 것이 없어서 나는 몽땅 정신이 되

었어. 할 말이 없어서 한 말을 또 하고 또 했어. 시끄럽다. 네가 말했지 더 크게 나는 떠들어댔지. 포크로 밥알을 으깨며 너를 봤어. 나를 보는 너를, 마주 보는 것, 이토록 커다란 부력. 어려운 코샤리 어려운 마카로니 어려운 정신. 이 숨이 멈추면 이 숨이 시작되고. 그렇게, 노래보다 어두운 기도가 있지. 신과 함께, 검정이 검정을 비웃고. 침묵이 침묵 속에서 젖을 때. 멀리 허공을 보듯 찡그리는 표정으로. 무엇이 복도를 어둡게 만드나. 단지 부를 이름이 없는 것뿐인데. 컹 하고 개가 짖는 밤, 어떤 통증이 어둠 속에 소리를 꺼내놓나. 너는 영영 돌아올 수 없게 되어버린 손톱 같고 나는 하얀 돌을 생각해. 인사 없이 사라지는 귀들에게, 알파벳을 붙이며. 정신에게 정신을 돌려줄 수 있도록.

질문해봐, 누가 손에게 손이라고 했지? 누가 잠에게 잠이라고 했지? 유리에게? 그림자가 그림자가 되기 전 그림자를 잊는 영역에서 고개 숙인다. 너 같을 수가 없어서. 결정적 사건이 제거된 영화의 러닝타임, 죽은 사람의 얼굴을 가만 들여다보던 일, 사물보다 오래 멈춘 입술의 색. 나는 성분 분석표를 읽으며 주스를 마셨어. 난간에 기대 떠오르지 않는 얼굴을 속으로 불렀어.

절벽 아래 끝없이 추락하는 물이 있지.
영원이라고 말해버릴 것 같은 쥐.
소용돌이 속에서 찍, 찍.

치아를 보이며 활짝 웃는 입. 돌아오지 않을 질문을 하는 어린 동물. 손을 감추고.

과거보다 높은, 끓는점의 피가 있지.

피를 모르는 영혼도 있지.

영혼으로 돌아가는 빛의 수레도 있지.

멈춰 서서 새까맣게 있지.

침묵과 소란

두 사람이 있다
한 사람은 침묵으로 침묵을
한 사람은 소란으로 소란을 말한다
그것은 같은 것이다

다르게 말해볼 수도 있다
두 개의 태양이 각자의 방향으로 어긋난다
그림자는 엑스 표시
왜냐고 묻는 옆얼굴
거기 침묵과 소란이 있다

나는 1연을 삭제할 것이다
감추기 위해
그리고 사구와 바람, 함정에 대해 이야기할 것이다
갈증을 이기는 생물은 없다

춤추는 사람은 춤추지 않던 사람

영원한 춤은 없다

이제 나는 2연에서 한 문장, 3연에서 두 개의 단
어를 고칠 것이다

아니면

두 개의 태양

침묵과 소란

갈증, 영원히 춤추는 사람

이렇게 혹은

바다와 바다 너머 작은 섬에 대해

섬에 서식하는 식물군과 새들에 대해

사전을 뒤져 적어 넣을 것이다

조로하는 새벽의 구름과
부끄러운 취미에 대해 쓸 것
훔쳐 들은 대화를 그대로 옮겨 적을 것이다

육교 위에서 바라보는 차들의 행렬과 한밤의 빛
처럼
올려다본 고층 건물의 아찔함처럼
어떤 말로도 침묵과 소란을 드러낼 수 없으니
이미지를 늘어놓고 이상한 제목을 붙일 것이다

아슬아슬하면서도 근사한 풍경을
삐꺽이며 그 풍경이 연쇄하는 꼴을

손끝에서 시작되지 않는 파도,
언제든 수면에 도달할 수 있는 깊이로 잠수하기

적당한 숲빛과 그림자물을 겹치기

흔한 말과 어려운 말은 뒤집힌 벌레처럼 번지기

대비되는 것은 계단 나란히 붙여놓기

빛과 수은, 통증과 태만, 줄타기와 눕기, 웃음소리 뒤에 따라오는 정적에 대해

핏줄처럼 아름다운 밤의 도로들과 오토바이

허리를 감은 두 팔에 대해

나는 모두 지울 수 있다

그냥 둘 수도 있다

낯선 사람에게 다가가기, 바다와 달에 대해 지껄이기, 글렌 굴드와 호흡에 대해 떠들어대다가 돌연 멈출 것이다

두 사람이 있고

한 명은 침묵하고 한 명은 소란하다

그것은 다른 것이다

아픈 것이다

워터 미

왼손은 땅속에 있다 비껴 자란 나무

균형을 생각한다 균형을 잃은 공백 균형으로 가
득 찬 공백

네가 노래하려 입술을 떼는 순간

공중을 선회하는 새 허물을 벗어내려 온몸을 뒤
흔드는 뱀 뒤집힌 풍뎅이

왼손은 땅에 붙들린 빛
호흡 속에 있다

노래가 노래를 벗어나려고 하는 순간 우리가 목
격하는 너의 얼굴 태지에 싸인 불투명한 도형들

꿈을 뚫고 들어오는

긴 꼬리 숲 잔인하고 우아한 동작

사랑에 빠진 순간 나는 한참을 망설이다 수첩을
열어 이렇게 적었다

균형은 공기에 둘러싸여 균형 이후를 예비한다
눈을 감은

두근대는 빗방울 두근대는 땅속의 왼손 두근대
는 철창 안의 날개

노래를 멈춘 네가 입을 다무는 순간

음은 무너진 균형의 증거일 뿐

흔들리는 어깨 흔들리는 머리카락 흔들리는 찻
잔 흔들리는 꽃잎 흔들리는 숫자 8 흔들리는 낱장
의 종이 흔들리는 행성 흔들리는 매듭 흔들리는 화
면 속 강물 흔들리는 봉제 인형 흔들리는 눈빛 흔들
리는 가지 위의 열매 흔들리는 커튼 흔들리는 목소
리 흔들리는

어떤 노래는 너를 울린다 왼손처럼
땅속에 있다 영원히 나무를 만진다

프랙탈

　무엇이든 일단은 있다고 써보기로 했다. 새벽 숨소리로 가득한 방에 누워 무엇이 있나 어둠이 눈에 익기를 기다려본다. 나는 네게 전화하고 싶다. 너에게 이런저런 안부를 전하고 나의 커다란 사전을 읽어주고 요즘도 피자를 좋아하는지 애인과 잘 지내는지 무슨 책을 읽는지 어떤 노래를 듣는지 묻고 싶다. 그러나 나는 그러지 않는다. 나는 기다리는 사람이니까. 기다려야 하니까 그러지 않는다.

　무엇이 있나. 여기. 잠든 아가와 잠든 엄마와 삼대가 나란히 흔들릴 때. 엄마를 낳은 엄마가 있고, 엄마를 낳은 엄마를 낳은 엄마가 있고, 엄마를 낳은 엄마를 낳은 엄마를 낳은…… 엄마들의 행렬.

　나무의 부러진 자리에서. 이건 꿈일 거라고 생각

했다. 나쁜 생각인 줄 알면서. 더 이상 지어낼 불행이 없으면 어떻게 하나. 누워 지내고 가족 몰래 생각의 상자를 만들고 생각을 생각 밖으로 나갈 수 없을 만큼 키워낸다. 갈매기가 바다를 스치듯 날고. 새들이 둥지에 모여 웅성이는 소리가 밤새 창을 통해 들린다.

눈 코 입이 담긴 작은 머리통이 있다.

다 끝나버린 필름 속으로 들어간 빛이 있다.

두 번씩 반복해서 적어 내려간 단어장이 있다.

첫 번째 단어는 분수다. 두 번째는 파랑.

그 옆에는 콘크리트못이 있다.

어둠을 모르는 눈동자가 있다.

어떻게 해도 몸 밖으로 달아날 수 없는 질긴 숨이 있다.

모든 빛이 동의하는 그림자가 있다.

너는 빨갛고 너는 몸서리친다. 너는 시간을 모르고 너는 볼 수 없구나. 새빨간 입술로 요구하는 간격을 사랑해. 실핏줄이 비치는 부푼 뺨을 사랑해. 볼록한 주머니를 끌고 쥐들이 구멍을 찾아 거리를 헤맬 때. 구름은 낮아지고. 우리는 줄임말처럼 기발하게 새로 시작하려고 해. 분수와 파랑 분수와 파랑. 분수 속에서 파랑이 생기고. 파랑 속에서 물이 뿜어져 나올 때. 빛의 뒷면은 빛이었어, 어둠은 없었어.

이제 무엇이든 없다고 써보려고 한다. 없는 것에 대해 없음으로 대항하고 싶다. 그러나 없는 것은 없음으로 없는가? 밝아진 방에서 눈을 찌푸리고 덜덜

떠는 나무들 좀 봐. 가끔은 날개가 날개를 흉내 낼 뿐인 것처럼. 몸에 갇힌 검정은 영원히 어둡고. 그걸 기다리는 것이라고 한다면. 내장들은 얼마나 시끄럽게 침묵 중이겠니. 심장을 닮은 심장을 만들고 척추를 닮은 척추를 만들며. 얼마나 끔찍한 고동이니.

읽지 않은 책과 보지 않은 영화의 제목들을 나열해놓은 메모들. 그것은 종종 근사한 시처럼 보인다. 인간이 인간을 만들어내는 사건 앞에서. 다른 모든 것이 시시해지고. 횡단보도에 서서 헤드라이트를 밝힌 차들이 빠르게 지나가는 것을 봐. 방과 방이 아닌 모두에서 있는 것을 있게 하는 불가해를. 없는 것과 있는 것 사이의 신비를.

없는 입과 없는 손이 이제 반대항을 뒤집고 배를

출항시킨다면. 그러나 그러나의 논리처럼 아름답고 간결하게 난파한다면. 볼록한 주머니쥐들의 번식처럼. 끔찍한 기쁨이지. 내 몸에서 너를 꺼내는 것. 전화는 걸려오지 않았지. 그러나 기다림은 끝도 없어. 이 새파란 침묵 속의 아름다움처럼.

프랙탈

그곳은 천국이야?
난 단지 내가 운이 참 많구나
그리고 운이 없구나 하고 생각해

강을 따라 걷는
네 등을 보는 내가 있어
내가 있는 곳에서 네가 생겨나고

이 많은 얼굴을 좀 봐
모두가 한때는 배 속에 열 달씩 있던
사람들을 좀 봐

그런 것이 너무 끔찍하다고 하면
그런 내가 엄마라고 하면
내가 꾸는 꿈이 너무 어둡다고

네가 이야기하면

근사한 말로는 할 수 없는 얘기가 있어서
단지 환상이나 언덕에 대해서만
새의 하얀 날개나
사라진 연기를 포착하는 것에 대해서만
생각할 수는 없어서

춤을 추는 영원한 비열을 이야기해줘
천국의 장르를 폭로해줘
얼굴이 얼굴을 데려가는 수법을
사람이 사람을 만드는 신비를

종 속에는 종이 감춘 동그란 것이 있다
천사가 날개를 버리는 비극이 있다

나는 창밖을 보면 슬퍼 모든 창이 그래
이해할수록 오해도 커지는 문법이야

매일매일 잠든 얼굴을 봐
단순하게 단순하게 저 얼굴을 끝까지 가져야지
하고
나는 내 운을 시험한다

대비되는 말들이 아니라 한통속인 말들
순간과 영원 빛과 어둠 그런 거 있잖아
어깨를 마구 흔들어 깨워 밤새도록 네게 늘어놓
고 싶어

병에 걸린 사람들 엎드린 채
울긋불긋해질 때

등을 보이는 사람은 등만으로 기억되고

저 많은 손가락들 좀 봐

이런 끔찍한 신비가

나로부터 시작되었다고 하면

여름과 해와 가장 긴 그림자와 파괴에 대하여

너는 죽음에 대해 이야기해달라고 했지만, 나는 죽음을 잘 모른다.

나는 초록 우산 나는 점박이 강아지 나는 발 잘린 비둘기 나는 두 손 가득 작은 돌을 주워 주먹을 꼭 쥔 아이 나는 빛 속에서 지워지는 사지 나는 차창에 매달린 물방울 나는 물방울 속 굴절되는 빨강 나는 발등 여름 내내 신은 슬리퍼 자국 나는 속력 나는 하늘 나는 심해의 눈먼 희귀 생물 나는 말 없는 그림 그림 속 보랏빛 자두

무슨 말을 해야 할까, 임사 체험에 관한 다큐를 보았다. 거기서 어떤 여자는 어둡고 긴 터널을 지나 죽은 아버지를 만났다고 했다. 죽은 아버지는 하얀 옷을 입고 있었고 단호하게 돌아가라고 돌아가라고

했다. 그건 어쩐지 B급 영화의 한 장면 같았고 누군가 악질적인 농담을 하는 것처럼 보였다. 운동장 벤치에 앉아 두 아이가 농구 골대에 축구공을 던져 넣는 걸 보았다. 빗맞은 공이 힘없이 지면으로 떨어졌다. 한 아이가 느리게 공 쪽으로 걷는다. 발끝으로 모래를 걷어차며.

　죽음은, 죽음이라는 말은 너무 거대하다. 어쩐지 몇만 배나 확대한 개미를 들여다보는 기분. 작은 곤충이라고 썼다가 개미로 고쳤다. 구체성 밖으로 가고 싶다. 자두 대신 과일이라고 쓰고 싶다. 어쩌면 모과라고 쓸 수도 있었지. 응.

　아이들은 나뭇가지로 지렁이를 꾹꾹 찌른다. 지렁이가 몸을 비튼다. 액을 흘리며 구불거리다 딱딱

해진다. 그걸 보며 죽음을 떠올리지 못했다. 비 내
린 다음 날 쨍쨍한 햇빛 아래 납작하게 마른 지렁이
같은 것을 생각했던가. 아니야. 아니야. 너는 만족
스럽지 못하다는 듯 고개를 흔든다.

다큐 마지막에는 감독과 평론가의 대담 영상이
있다. 감독의 기획 의도는 죽음은 가까이 있으며 누
구나 체험할 수 있는 것이고 그것을 사람들이 느끼
게 해주고자 했다는 것. 아니요// 누구도 그것을 진
지하게 받아들일 수 없을걸요. 당신의 의도까지도
모두 장난 같다. 이것을 다큐라고 할 수 있을까? 잠
깐 생각했다. 잠깐 생각하다가 물 마시고 밖으로 나
왔다.

출발했어. 그래. 한 시간 후에 서점 앞에서 만나.

줄자. 물뿌리개. 근면 성실. 적립카드. 선글라스를 쓴 마네킹. 현금인출기. 방수 시계. 하얀 돌 검은 돌. 세검정. 산후조리. 립밤. 머핀. 졸업 앨범. 선풍기. 소금. 줄리 델피. 해고 통보. 최선. 무의식. 탁구채. 화투. 오리털 이불. 무자비. 부탄가스. 송로버섯. 조립식 주택. 학대와 체벌. 교집합. 추가 요금. 유리 멘탈. 성불. 스테인리스 스틸. 요 라 탱고.

이 세계의 모든 줄무늬.

우리는 그것으로부터 사랑을 배운다.

나는 오늘 너를 만나고 싶지 않다. 도망치고 싶다. 다른 말을 하고 다른 얼굴이 되어 다른 곳을 걷고 싶다. 그러나 너는 거기 있다. 나는 무엇에 이끌린 것처럼 당도하겠지. 반쯤 허물어진 얼굴로 너는 왔어, 하고 웃겠지. 그것을 보는 게 겁나. 너를 믿는 게 겁나.

눈먼 희귀 생물은 빛이 없는 곳에 산다. 빛이 없는 곳에서는 앞을 볼 필요가 없다. 애초에 어둠뿐이니까. 그런데 나는 무슨 말을 하려 했지? 네가 없는 언덕에서 너를 생각하며 나는 1초씩 2초씩 네가 되어본다. 아픈 마음이 들어. 흔들리는 풀, 누워 있는 풀, 파랗게 풀 냄새 속에서. 이 모든 빛 속에서.

우리는 헤맨다.
진짜를 찾아 헤맨다.

너는 종로3가 반디앤루니스 앞 계단에 앉아 책을 보고 있었다. 너는 『너무 시끄러운 죽음』을 읽고 있었다. 나는 잠깐 네 뒷모습을 보며 서서. 절뚝이며 퍼덕이며 흐려질 때. 너의 어깨가 동그란 머리통이 소름처럼 뼈가 드러난 허리가 구부러진 목이. 절뚝이며 퍼덕이며 흐려질 때. 네가 될 수 없을 때.

　　나는 숨을 쉰다. 가만히 가슴에 손을 얹고 나는.
　　두근대며.
　　초조하게 침을 삼키며.

　　죽음에 대해 생각할수록 죽음에서 멀어지는 기분. 오늘을 알고 모르고 오늘 밖에서 오늘을 찾는 오늘 같은 기분. 그런 기분. 차가운 아주아주 차가운 것을 입속에 가득 머금고 삼키지도 뱉지도 못하

고. 새를 봐. 새를 봐. 날아가는 꼴을 봐. 인사라는
말이 싫다. 싫다는 말도 싫다. 아무 표정 없이 생각
을 하는 네가 미워.

무엇을 말할 수 있을까 네 앞에서, 나는. 조금 주
저하며 손끝을 내려다보며 사실 나는 죽음을 잘 모
른다고 말하게 될 것이다. 너는 실망한 듯 고개를
흔들겠지. 응. 어쩌면 그럴 줄 알았다고 상관없다고
할지도 몰라. 나는 멋쩍은 듯 밝게 웃으며 뭐 먹으
러 갈까? 묻겠지. 응.

나라고 쓴 다음 지워버린다.
빛이라고 쓴 다음 지워버린다.
풀 냄새, 풀 냄새. 지독한 냄새 속에서.
너는 몇 번이나 되살아난다.

싫다.

세계의 공장

공장에는 두 소년이 있다
두 소년은 서로를 흉내 내는 사이
두 소년은 물소처럼 닮았다

어둠 속에서는 더 크게 눈을 뜬다
공장의 커다란 쇳덩이들이 좋아
나는 네 손을 잡는다

아직 태어나지 않았는데 몇 번이나 죽었어
처음 소년이 됐을 때는 너무 슬펐다
사람이 되어서
자라야 해서

우리는 마주 본다

물가에 모인 양 떼처럼
경계가 흐리다

공장에는 있다
노란 것, 하얀 것, 겹겹 흔들리며 멈춰 있는
예쁘고 끔찍한 온도
몇 번이나 태어난다

공장이라는 것 공장의 모든 것 모든 공장에서의
시간과 기억 공장이라는 공간적 심연 돌파할 수 없
는 물리적 메타포 입을 다물게 만드는 공기

우리는 같은 동작을 같이했다
너의 손끝이 내 어깨를 스친다
아기 오리처럼

당면한 과제 우리의 현실
어렵고 미친 과제
나는 자라나고

어떤 때는 네가 보이지 않는다

나는 너를 모른다
우리는 서로를 흉내 내는 사이
우리는 수사자처럼 닮았다

나는요

나는 숨을 쉬어요. 나는 이 모든 것을 사과하고 싶어요. 나는, 나는. 나는 무엇이에요? 나는 도대체 아무것도 몰라서, 나 미안해요.

길 끝까지 걸어가면서 속으로 숫자를 셌어요. 하나둘셋넷나나나. 다시 다섯여섯일곱여덟나나나. 여기부터 시작된 것이 있어요. 출처를 모르니 확인할 수 없지만. 용서해줄래요? 미안해요.

나무가 많고 나무가 흔들리고 나무 아래서 나, 나. 아프고 기뻐요. 이상하죠. 나는.

줄곧 사랑받는 것을 생각하며 지냈어요.
운명을 기다렸어요.
있어요? 그런 것?

나는요.

자포자기라는 말 알아요? 자기를 스스로 해치고 버리는 거예요. 되는 대로 사는 거예요. 내가 그래요. 내가요.

사랑에 대해 이야기하기 싫어요. 뻔하고 저열하니까. 그런 건 쓰고 싶지 않아. 그런데도 나는 없는 너를 만들고 너를 미워하고 기다리고 너를 죽이고 다시 만들고. 나는 참 그래요. 그런 일은 아무것도 아닌 거고 나는 그건 마치 커다란 숲속에 작은 구멍을 파고 나는 그 안에 들어가서 이것저것 떠들고 떠들다가 나 울고 소리 지르고 잠들고 깨면 나는 어둠뿐이고. 반복이에요. 사랑 없는 사랑이 미쳐버려요. 그걸 겪고 겪고 쓰고 쓰고 울고 나는. 나는요.

나는 왜 나예요? 나는 언제부터 내가 됐어요?

이미 죽은 것을 이미 죽은 사람의 얼굴을 수차례 내려치는 거죠. 그 얼굴은 내 얼굴이에요. 나는 죽은 나를 두들겨 패고 있어요.

하지만 죽었으니까 안 아파요.

나는 가졌어요? 나는 병원에 갔어요. 웃는 의사 선생님은 안경 너머로 나를 보며 손톱을 물어뜯어요. 선생님도 아픈가요. 내가 울면 가만히 쳐다봐요. 그칠 때까지 기다려요.

어떤 아침은 밤의 끝이 아니지요. 지금부터 나는

숨을 멈춰요. 빛이 생겨나요. 아침은 환하고 선명하고 만질 수 없어요. 집이에요. 작은 소리예요. 빨갛게 달아오른 뺨이에요. 그래요? 나는 나는 가장 멀리 있는 동시에 가장 가까이에 있는 것. 그것이 돌아눕는 기척을 들어요. 모른 척해요. 시작할 수 없고 끝낼 수도 없고 멈춘 줄 알았는데 작동해요. 나는.

　사랑해요. 나는 사랑해요. 나는 사랑을 해요. 나는 검은 나는 숲 나는 나나나나나나는 결계를 웃을 나는 색색의 절망을 나는 사랑 나는 나 없이 나는/모자를 뒤집어쓰고/졸린 눈을 비비고/나는 나뿐인 나의 안에서 나로 둘러싸인 나에게 나를 건네며 나로부터 나로 침투하면서 나를 갖고 나를 잃고/나는.

내 머리가 시를 써요. 나는 그걸 봐요. 내 손이 시를 써요. 나는 차가움을 만져요. 나는 끝도 없이 나라는 말만 잔뜩 늘어놓고 웃으면서 쾅쾅 벽을 얼굴을 지나가는 사람을 잠긴 문을 내리치고 싶은데. 이제 네가 거기 있어요. 내가 거기 있으라고 하면 네가 거기 생겨요. 거기서부터 시작되는 것이 있지요. 그건 내가 아니라서 내가 부를 수 없는 ○○. 이럴 때 기억은 나는! 나는! 외치면서 튀어 오르고 그럼 어때요? 나는요.

포도를 그려놓고 포도를 먹는 시늉 해요. 선생님 웃으면서 나를 봐요. 그랬어요? 슬펐군요. 나를 짐작해요. 아니요. 나는 처음부터 슬픔이었는데. 선생님 나는 왜 슬픔이에요? 물으면 선생님이 입을 가리고 웃어요. 나로 시작해서 나에게 멀어지는 멀어질수록 다시 나에게 당도하는 그런 이상한 릴레이 경주 같은 것을 나는 끝도 없이 하고 있는데 이 트랙에서 내려오는 방법 없어요. 네가 나를 불러주면 내가 네게로 가서 내가 될 텐데, 자 불러봐. 나를 불러. 고장 난 두 손이 바닥을 뒹굴고 그 손은 작은 돌을 꼭 쥐고 있어요. 내 손일까? 더 이상 두들길 것이 없어요. 이제 알겠어요?

아무것도 없어요. 나밖에 없어요.
나는요.
사과할 수밖에 없지만 사과하기 싫어졌어.

토마토와 나이프

천 개의 눈
천 개의 손
천 개의 숨

토마토가
천 번의 생사가

접시에 있다

그 옆에 나이프
그 옆에 우체국
그 옆에 눈먼 바람
그 옆에 연필
그 옆에 중력
그 옆에 낙타

그 옆에 숲

그 옆에 밧줄

그 옆에 비행기

그 옆에 카프카

그 옆에 코끼리 그림자

그 옆에 강변북로

그 옆에 개선문

그 옆에

토마토

토마토

부르면 다시 돌아오는 이름이 있다

천지가 있다

접시에
평평하고 편편한 접시에

은빛 칼이 붉게 있다
아니
달콤하게

세계가 사라진 다음 마지막인 것처럼 마지막의
묘사처럼 올바른 절망의 대명사처럼 기억할 것이
없는 단순한 표정으로 캔버스에 대고 휘두른 한 번
의 칼자국처럼 내가 아끼던 녹색 원피스의 소매처
럼 붙잡을 수 없을 때 더 가까워지고 싶은 마음 그
마음 하나도 모르는 하얀 벽 하얀 벽에 대고 하는
비밀 얘기 비밀을 다 듣고도 여전히 하얀 벽처럼

토마토

토마토와 칼은
무관하게
접시에 있다

바구니 속의 토끼

종이 울린다. 물속에 가라앉은 몸이 뒤집힌다. 닫힌 문을 두들긴다.

검은 코트를 입은 사람이 흘끗거리며 나를 지나쳐 사라진다. 모두가 나를 알고 있는 것만 같아.

소설에서 주인공이 신비한 능력을 얻게 되는 부분은 이렇게 기록된다.

그는 어둑한 길을 걷다 문득 고개를 들어 하늘을 보았다. 어둠에 잠긴 건물들. 천리 밖에서 누군가 울고 있는 소리가 곁에 있는 것처럼 선명하게 들린다. 머리 위에서 쏟아질듯 별이 빛나고 그 시끄러운 소리에 귀가 터져버릴 것 같다. 그는 두 귀를 움켜쥐고 내달렸다. 그 모습이 꼭 슬프고 우스꽝스러운 춤을 추는 것처럼 보였다.

오늘 나는 무얼 하며 보낼까, 이불 속에 누워 생각해보았다. 어디에서 누구를 만날까. 무엇을 가지면 오늘이 지나갈까. 돌아누웠다. 비둘기들은 비둘기 울음소리를 내며 비둘기의 존재에 충실하다. 애쓰지 않아도 저절로 그렇게 되었다. 정시가 되었는지 종이 울리고 있었다. 말줄임표처럼…… 말줄임표처럼…….

지나치게 자연스러운 것들은 종종 인위적인 것보다 더 이상한 기분을 불러일으킨다. 비둘기, 비둘기들, 신생아들은 배운 적도 없는데 젖을 찾고 울음을 울고 날개를 접고 잠이 든다. 막 태어난 네게 설탕물을 줬다. 단것을 좋아하는 본능이 신기하구나. 들을 수 없을 것을 알면서도 시장에 가서 카세트테

이프와 엘피판을 샀다. 어슬렁거리며 어제 지난 거리를 처음인 양 쏘다녔다. 소설처럼 달리고 싶다고 생각하려다 말았다.

노란 풍선을 놓친 여자아이가 폴짝폴짝 허공에 팔을 휘젓는다. 뭔가를 잊은 것 같은 기분은 너무나 익숙해. 그런 기분이 들지 않는 날은 오히려 뭔가를 잊은 것 같은 기분을 잊은 것 같은 기분에 시달린다. 그렇지만 기분은 기분일 뿐이니까.

기분은 기분일 뿐이니까.

소설 속 주인공이 신비한 능력을 잃게 되는 계기는 사소한 망각에서 비롯되었다.

잘 기억나지 않지만 그는 비 오는 날 흠뻑 젖어 다리 위에 서 있었을 수도 있고 고양이에게 종일 사료를 주지 않았을 수도 있다. 아니면 하나뿐인 딸의 생일날 집에 들어가지 않았을지도 모르지. 그는 자신의 능력을 아끼지 않았기 때문에 오히려 안도하며 또 다른 능력이 찾아올까 불안에 떨었다. 어깨를 끌어안고 두리번거리는 텅 빈 나무 한 그루.

조용함에 대한 증오. 소란에 대한 증오. 기시감에 대한 기시감. 소설가는 소설 바깥에서 소설을 생각한다. 이제 그를 어떻게 할까? 어디로 보내야 할까? 어떤 절망을 줄까? 소설가는 우연을 통해 필연에 닿는 이야기를 쓰고 싶다. 그런 이야기가 있다면 거기에는 절묘함이 필요하다. 그것은 결코 다른 장르로 치환될 수 없으면서도 시 같고 음악 같고 또 삶과 한 끗 차이여야 하지. 그는 비스듬히 웃음 띤 얼굴로…… 울음을 터뜨릴 것 같은 얼굴로…… 책상 주변을 돌아다닌다.

나는 소설가와 그의 관계에 대해 잠깐 생각하다가 화분에 물을 주고 아래층으로 내려가 늦은 아침을 먹었다. 말줄임표처럼. 하얀 접시도 딱딱한 빵도 살구 잼도 커피도 우유도…… 모든 게 마음에 대한 비유일 뿐이라는 생각을 했다. 살 것도 없으면서 시장에 갔다. 아주 천천히 옷을 구경하고 신발을 신어보고 쌓여 있는 치즈 덩어리들을 쿡쿡 찔러봤다. 시간이 유난히 느리게 지나가는 날이다. 꼭 물속에 있는 것 같구나. 모두가 나를 쳐다보는 것 같아. 전봇대 위에 운동화 한 짝이 걸려 있었다.

신발은 신발이다. 시간은 시간. 물속에는 물 밖과 같은 도시가 반전된 채 가라앉아 있어. 거기서는 내가 네 왼손을 꼭 잡고 있다. 이해할 수 없구나. 비둘기 떼가 일순 날아올랐다가 처마 아래 내려앉았다. 장면이라고 장면이라고 잘못된 비유라고. 소설가가 중얼거리며 우산 꼭지로 돌바닥을 탁탁 짚으며 걸어갈 때.

이제 무얼 해야 할까.

마음이 아프다. 마음이 아픈데 왜 그런 걸까. 알 수 없는 것은 도무지 표현할 수도 없어서 점점 커지기만 해. 돌바닥은 경쾌하게 울린다. 째깍째깍. 광장을 가로지르며 그는 어디를 갈까.

어디를 가건 나와는 관계없는데. 고민에 잠긴 얼굴로.

빛나는 돌을 움켜쥔 것처럼. 고민에 잠긴 얼굴로.

표정은 주어지는 것일 뿐이라는 사실을 알게 되었어. 갓난아기도 수심에 잠긴 표정을 지으니까. 이제 어떻게 끝내야 할까. 오른손 왼손 오른발 왼발. 소설가는 모퉁이를 돌아 시장에 간다.

이불 속에 누워. 오늘에 대한 증오. 빗겨 자라난 열 손가락에 대한 증오. 열 걸음 뒤에 그는 번개를 맞게 될 거다. 어디서? 도대체 왜? 아무런 인과 없이 모든 것이 그를 향할 때. 말줄임표처럼. 상상할 수 없는 것은 상상할 수 없다.

기분은 기분일 뿐이니까.

서툰 취향을 숨기고 나는 네 오른손을 꼭 잡는다.
오늘은 네가 되어 살고 싶다. 네가 되어 나를 만
나고 싶다.

융점

죽은 새를 보았다
언덕으로 올라가는 초록 문 앞에서

—

이다음은 죽은 내가 죽은 너를 만나 해야 하는 일

옛날 노래 듣자
좋은 노래

—

심연 속에서 우리는 우리를 넘어선다
이런 말을 한다 나는
고개를 갸우뚱거리며

–

평생 누군가를 기다렸어

목 잘린 개가 늪에서 기어 나왔다

빛을 잃은 색을 찾았어
더 이상 색도 뭣도 아니었어

기억이 더 이상 어떤 소리도 갖지 못하게 될 때
잠든 얼굴도 태양도 눈 내리는 날의 옥상도
없는 것이나 다름없을 때
두 발을 절며 다급하게 횡단보도를 건너야 할 때
마지막 말이 기억나지 않을 때 무릎을 접고

기어가며 생각나지 않는 것을 생각해내려고 안
간힘 쓸 때
혀가 딱딱하게 굳어 움직이지 않을 때

죽어
있는
새를
봤어

–

누구에게도 단 한 번도 한 적 없는 비밀 얘기를
하고 싶어

끔찍한 것

검고 더러운 것
그게 나였으면

—

결코 알 수 없을 거야 결코 알 수 없는 방식으로
외나무다리에서 흔들릴 때 내려다볼 때 공포가 섬
처럼, 이건 한 번도 시작한 적 없어서 끝낼 수도 없
는 이야기야 소녀의 목을 조르는 손 늪에 잠긴 두
다리, 하얀 몸에 관한 이야기야

어때

사라진 어깨
찾지 않는 모래

사라진 가죽

찾을 수 없는 창

—

그 창을 통해 훔쳐본 장면

여기서부터는 다시 태어난 내가 써야 한다

—

나는 몇 시간이나 기차를 타고 버스를 두 번 갈
아타고

늪이 있는 마을을 찾아갔어

비행기에서 본 잡지에 그곳의 사진이 작게 실려

있었어

상상했던 것보다 작고 더러운 늪에서
빵을 먹고 다음 버스를 타고 떠나야겠다
구글에 늪의 이름을 검색해봤어

–

이건 죽은 우리가 재회해서 나누는 대화

무슨 말을 해야 할지 모르겠네

그동안 어디 있었어

죽어 있었지

늪 속에

혼자

—

무서웠어? 무서웠어

나는 너무 추워서 손을 동그랗게 말아 입김을 불
어 넣었어
　그런데 나는 죽었는데
　……
　착한 동물의 눈동자를 생각했어
　놀란 눈

부서질 것처럼 투명한 눈

죽은 새의 눈

—

거짓말이야 전부 거짓이야

내 말 듣지 마

밤이 오기를 내내 기다렸어

어둠 속에서 숨 쉬고 싶어 죽고 싶어 달리고 싶
어 울고 싶어 소리 지르고 싶어 침묵에 잠겨 있고
싶어 침묵에 잠겨 질식하고 싶어 계속 계속 노래하
고 싶어 그러다 문득 얼굴

나는 지워지고 싶어

—

울음

물

냄새

—

기억은 기억에게 기억을 주지 않는다

기억은 미쳤고 기억은 가짜

이런 말도 한다 너는

그럼 왜 죽었어

나의 질문

—

화가 난 네가 내 머리채를 잡아끌 때

창밖으로
창밖으로

나는

네가 미워할까봐
가만히 있었어

빛바랜 초록이 내 속으로 쑥 들어왔어

물에 비친 그림자처럼

—

너는 왼손을 핸들에 올려놓고
나는 이 느슨한 침묵이
우리 사이에 남은 전부라고
지긋지긋하다고
그런 말을 한다

봐

—

몇 번이고 반복해서 짓이겨진

도로 위의 새

죽어 있는 새

–

너를 죽인

창백한 빛 속에서

–

태어나 처음 본 건 얼굴이 아니었어
이상한 빛이 쏟아지고
모든 게 흐렸어

죽을 때는 찰나를 만난다고 해

그런 일은 없었어 그냥 검고 검은 개가 나를 흡
수했어

수면에서 흔들리는 그림자

—

네가 웃고 있다
진흙처럼

—

내가 죽은

창백한 빛 속에서

Scream with Me*

마트에 갔다가 색이 예뻐 파프리카를 샀다 빨간 것과 노란 것을 자꾸만 보고 싶어서 책상에 놓아두었다 빨강이 생겨난 것이 신비로워서 노랑이 세상 무엇보다 더 노랑이라서 가끔은 그런 것들이 눈앞에 있어도 믿기지 않았다 산책하며 본 솔방울이나 만개한 벚꽃들이 늘어선 길 쓰레기장에 버려진 오래된 의자 내가 본 것 들은 것 느낀 것을

바람이 지나가고 풍경이 흔들렸고

이런 일에 쉽게 눈물 흘려도 괜찮을까 어디론가 전화 걸어 이야기하고 싶다 예쁘다고 신기하다고 그런 사소한 것을 화분에 새잎이 돋았다 가만히 만져본다 어제 꾼 꿈이 무엇이었어? 점심은 무얼 먹었니 우울해서 『가능세계』를 읽어봤어

가장 많은 말과 한 번도 하지 못한 말, 괜히 또 파
조만 들었다 아무리 들어도 좋았다 고독에 대해 차
마 다 쓸 수 있을 거라고 생각하지 않았다 그래도
모퉁이를 돌 때 나무 그림자가 수런거릴 때 잎 사이
로 쏟아진 빛 방울들이 이지러질 때 얼마나 마음이
저미듯 아팠는지 말하고 싶다

어제 쓰던 시를 버렸다 각주로 남겨둔다[**]

* pajo

어둠에서 벗어나기

절벽

깊은 바다

하늘

네가 죽었으면 좋겠다 네가 죽으면 슬퍼해줄 수 있는데

서로의 부리를 비비는 파랑새 한 쌍

미드 빌어먹을 인생 따위

끓고 있는 기름

멈춰 서서
눈 감은 한 사람

절벽과 벼랑

하늘과 무지개

살인을 하고 싶다

176

염색을 하고 싶다 핑크색으로

눈 감은 깊은 바다

운전을 할까 멀리
서해안고속도로라도

살인을 하고 싶지 않다

네가 죽지 않았으면 좋겠다 슬퍼지고 싶지 않다

깊은 바다의 어둠

절벽

• 조르주 디디-위베르만의 책 제목

PIN

017

月皮

백은선

에세이

月皮

*

그곳에선 비가 내렸다. 쉴 새 없이 비가 내렸다. 해는 뜨지 않았다. 늘 어둠뿐이었어. 이해하고 싶어서 이해받고 싶어서 비를 봤다. 추위와 정적과 고독 속에서 끝없이 쏟아지는 그 소리 한복판에 누워. 빗방울들이 온몸을 관통하는 생생한 감각을, 나는 고요와 소란을 오가며 느꼈다.

누군가 끝없이 문을 두들기는 소리라고 생각했

어. 들여보내달라고 내게 애원하는 손짓이라고. 아
프게 절박하게 끝없이 노크하며 내내 서성이는 눈
먼 손이 여기 있다고.

나는 온 벽에 낙서하기 시작했어. 잠이 쏟아질
때면 연필을 들고 벽지에 떠오르는 대로 적어댔어.
찰나를 위해 머리맡에 연필을 뒀어. 바로 쓸 수 있
도록. 무엇이든 떠오르는 순간을 놓치지 않기 위해.
휘발할 것처럼 이미지가 부유하는 숲을, 전부 움켜
쥐고 싶었어. 이미지와 함께 멀리 가고 싶었어.

그렇게 적은 문장들은 오랜 시간 동안 뒤죽박죽
서로의 자리를 차지했어. 가만히 빛나면서 꿈틀거
리는 어둠인 채로. 가장 삶에 가깝고 가장 세계와
동떨어진 채로.

위에서 아래로 오른쪽에서 왼쪽으로 아래서 위
로 끝에서 끝으로 대각선으로 어느 방향으로 읽어
도 괜찮아. 괴상한 별자리처럼 서로 간극을 가진 채

이어져 있다. 끊임없이 오가는 박절기처럼 빗소리. 비는 내리고 내리고 결국 방은 물로 가득 차고, 모든 문장이 물속에 잠겨 떠돌고, 뒤섞이고, 해체되고 다시 결합했어. 모든 과정을 지켜보며. 아름다워.

　그건 시였어.

　세상에 마지막 남은 사람이 된 것 같았다. 이곳은 박제되어 있고 유폐되어 있어. 세상의 끝이었어. 커다란 구멍, 찰랑거리는 검은 구멍. 빨려드는 순간 산산이 흩어질 커다란 눈동자. 이렇게 파랗고 파랗고 쓸쓸할 수 있구나. 아무 증거 없이 나는, 내 안에서 확신범이었어.

　목 잘린 뱀처럼
　　　　　　　빛은
　　　　　　　　　구불구불 기어온다.

　내가 잠들기 위해 돌아누우면 보이던 문장. 잊을

수 없는 문장. 끝없는 어둠 속에서 나는 점점 말을 잊고 아무것도 먹지 않게 되었어. 점점 희미해지는 방식이라고 여겼어. 온몸이 덜덜 떨리고 딱딱해져 갈수록 나는 온전해졌어. 깡마른 두 다리를 끌어안고 책상에 앉아 명멸하는 문장들을 가지고 놀았어. 작은 세계를 주무르는 어린 신이 된 것처럼. 전능감에 도취되고 뜻대로 되지 않는 일에 쉽게 분노하고 여러 가지 빛들이 겹쳐져 흔들리고 어둠 쪽으로 기울어지는 꼴을 지켜보며 기뻐하고.

가까스로, 가까스로의 날들이었어. 행복했어.

나는 모든 것을 결정적이라고 생각했다. 무심결에 저지르는 행동들, 왼발이 먼저인지 오른발이 먼저인지, 바람이 어느 방향으로 부는지, 돌이 놓인 모양과 우연히 펼친 책에서 가장 처음 만난 단어. 모든 것이 징후고 계시라고. 하나의 신호도 놓치지 않으려고 애쓰고 기록하며. 물속의 문장처럼.

결국 스스로가 분해되고 분해되고 재결합되는 일련의 시간을 목격하며. 아프다고 아프다고 그런데 너무 좋다고 정지된 화면처럼 이지러지고. 이것은 거대한 의도의 일부. 다분히 종교적이며 맹목적이기까지 한 멈춰버린 시간 속에서 영혼은 휘청이고 나는 매일 죽었다. 운명이라고 순응하며 더 결정적인 무엇이 찾아올 때까지 끝없이 기다리고 기다리며 나를 훈련하는 것이 나의 소명이라고 믿는 것 외에는 아무것도 할 수 없어서.

외계인이 자신을 데리러 올 거라고 믿는 사람들처럼.
두 팔 벌린 빗속의 숲.
조명 아래 얼어붙은 입술.

비가 내린다. 비는 비처럼 내린다. 나는 어디에 있어도 비가 내리는 소리를 듣는다. 차갑게 휘어지는 이 끔찍한 아름다움을 사랑해. 전율하는 세계의 살갗을 이해해.

추락하는 동시에 떠오르는 빗속의 빛을.

영혼을 구성하는 성분을.

생과 사의 갈림길에서 비틀거리는 호흡을.

月皮. 달의 가죽. 작은 방과 그 방에 갇힌 조각난 눈. 찢어진 눈동자. 흐르는 물. 도무지 현실감 없는 순간들에 사로잡혀 나는 살아 있는 걸까. 살아 있는 걸까. 봐, 온기라고는 찾아볼 수 없는 이 차가운 땅을. 차가운 육체를.

*

학교에 갔다. 열심히 웃었다. 열심히 수업을 듣고. 열심히 책을 읽고. 열심히 리포트를 썼다. 날아가는 하얀 새. 날아가는 하얀 새. 나는 공포에 사로잡혀 있어. 점점 고갈되고 있어. 더 이상 쓸 수 없게 되면 그때 나는 무엇일까. 쓸 수 없게 된다면 살아 있는 걸까. 열심히 웃으며. 서로의 시를 읽고 이야기하며. 네 시는 항상 똑같구나. 항상 외롭고 아프구나. 현실에 두 발을 딛고 있지 않다. 그런 말을 들으며. 듣는 순간에도 나는 웃고 있었다. 나는 항상 웃었다.

무엇이 내 안에서 무너지는지도 모르고. 모르려고.

쓰고 싶다. 좋은 시를. 그것이 유일한 소망이었어. 그것만 생각했어. 잘 때도 걸을 때도 씻을 때도 노래할 때도 기차에서도 버스에서도 울면서도 생각했다. 웃음 속에서도. 무엇이 좋은 건지도 모르면서. 그 열망에 사로잡혀서. 미쳐서.

그런 시간들이 얼마나 흐른 걸까. 얼마나 오래 갇혀 있던 걸까. 알 수 없고. 달의 가죽. 천천히 펼쳐지는 얼룩덜룩 나의 아름다운 책. 그건 나의 달. 어디에도 없는 달이었고 흔들리지 않는 나무였어.

10년이 지났어. 방에서 떠난 지. 얼마나 내가 훼손되었는지 알아? 그 시절로 미치도록 돌아가고 싶고 죽어도 돌아가고 싶지 않은 마음을 알아? 죽어버린 문장들을 하나하나 매만지며 살아나라고 다시 살아나라고 기도했다. 어둠이 긴 그림자를 끌고 서성일 때마다. 흩어지는 재들이 소용돌이를 일으킬 때마다. 아무 확신도 없이 죽은 것을 끝없이 만지며 손끝에 감각이 사라질 때까지. 나는 피었어.

2009년 1월 13일 나는 '월피'라는 제목으로 일기를 썼다. 그 일기를 여기에 남기고 싶다. 그 시절의 거칠고 성마른 언어를 언젠가 누군가에게는 보여주고 싶었으니까.

*

문 두들기는 소리가 실내로 똑똑 고인다. 어떤 애절함이나 간곡함도 없이 박절기가 내는 차가운 리듬처럼 똑, 똑 흘러든다. 그것이 무엇을 향하는 소리인지 누구의 팔이 그렇게 무신경하게 규칙적일 수 있는지 나는 짐작할 수 없다.

꽃을 잡아 뜯는다. 지지 말라고 혹은 자신에 대한 무력함 때문에 그럴지도 모른다. 꽃은 아무런 상념도 없이 놀라워진다. 공장에서 돌아가는 기계들은 윙─ 소릴 내며 자신의 일에 골똘하다. 세상은 참으로 불공평하다. 아무렇지도 않게 놀라워질 수 있는가. 신경질적으로 입꼬리를 올려본다.

뿌옇게 공중을 떠도는 것은 모두 영혼인 것 같아. 빨간 날엔 거리로 사람들이 쏟아지고. 내가 쓰는 '너'라는 단어는 늘, 비밀스러운 척후병들이 가장 아껴둔 마지막 생각. 죽음이 자신을 삼키려 할 때 그때에만 하려고 꼭 감춰두었던 그런 생각.

그는 돌아간 걸까. 노크 소리의 잔영이 바닥을 구른다. 가만히 돌아누워본다. 영영 스스로의 목소리를 기억하지 못할 것이다. 언제고 누군가의 앞에서 흘리는 눈물은 가식적이라서, 꼭 네 앞에서만은 펑펑 울어버려야지. 잠이 오지 않는 밤마다 내 몸속에서 무책임하게 꺼낸 수천 수백 마리의 양들. 먹이를 주지 않아서 곧 죽어버릴지도 모른다.

찌푸린 미간. 사실은 원래부터 아무도 방문하지 않았던 걸 안다. 문고리는 차갑다. 잡지 말아야지. 양들의 눈 속은 텅 비어 있다. 빙하기. 잘려 나간 단면을 응시하는 것처럼. 비유로만 말할 수 있는 것들과 비유로만 말하려는 행위. 불쌍하기도 하지. 내겐 성립되지 않을 이야기들을 풀어놓는 습관이 있다.

*

습작 시절의 글이지만 지금의 내가 이 글보다 얼마나 더 나아졌는지 모르겠다. 여전히 깡마르고 신경질적인 내가 작은 방에 살고 있는 것 같다. 중얼대며 혼자 벽에 낙서를 하며. 거기서부터 나 얼마나 멀어졌을까. 멀어질 수 있을까. 멀어지고 싶은가. 알 수 없지만. 쓰고 싶다는 마음. 그 마음이 우리를 조금씩 휘어지게 하고 부러뜨리고 불붙게 만들었지. 그러다 온통 재가 되어서 돌이킬 수 없는

지경에 이른 부분들도 있겠지. 과정, 순간순간 얼마나 환희로 가득 찼는지 얼마나 괴롭고 절망했는지 너는 알겠지. 죽음을 반복하며. 시라는 무형의 악과 선이 어떻게 온몸의 세포를 메우고 뒤흔들고 떨게 하는지. 두 무릎이 접히고 고개가 거꾸러지는 때에도 기쁘다는 걸. 너는 알겠지.

천사가 채 알 수 없는 신에게 온 마음을 내주듯.
무엇이 뒤집힌 줄도 모르고
끝내 날개를 펼쳐 허공으로 떠오르는 아이처럼.
우주에서 온 빛처럼.

신비가 있다.

아무도 기억하지 못하는 장면들로
만들어진 필름

지은이 백은선
펴낸이 김영정

초판 1쇄 펴낸날 2019년 3월 25일
초판 5쇄 펴낸날 2024년 8월 1일

펴낸곳 (주)현대문학
등록번호 제1-452호
주소 06532 서울시 서초구 신반포로 321(잠원동, 미래엔)
전화 02-2017-0280
팩스 02-516-5433
홈페이지 www.hdmh.co.kr

ISBN 978-89-7275-964-5 04810
      978-89-7275-959-1 (세트)

* 책값은 뒤표지에 있습니다.

현대문학 핀 시리즈 소설선

001	편혜영	죽은 자로 하여금
002	박형서	당신의 노후
003	김경욱	거울 보는 남자
004	윤성희	첫 문장
005	이기호	목양면 방화 사건 전말기—욥기 43장
006	정이현	알지 못하는 모든 신들에게
007	정용준	유령
008	김금희	나의 사랑, 매기
009	김성중	이슬라
010	손보미	우연의 신
011	백수린	친애하고, 친애하는
012	최은미	어제는 봄
013	김인숙	벚꽃의 우주
014	이혜경	기억의 습지
015	임철우	돌담에 속삭이는
016	최 윤	파랑대문
017	이승우	캉탕
018	하성란	크리스마스캐럴
019	임 현	당신과 다른 나
020	정지돈	야간 경비원의 일기
021	박민정	서독 이모
022	최정화	메모리 익스체인지
023	김엄지	폭죽무덤
024	김혜진	불과 나의 자서전
025	이영도	시하와 칸타의 장—마트 이야기
026	듀 나	아르카디아에도 나는 있었다
027	조 현	나, 이페머러의 수호자
028	백민석	플라스틱맨
029	김희선	죽음이 너희를 갈라놓을 때까지
030	최제훈	단지 살인마
031	정소현	가해자들
032	서유미	우리가 잊어버린 것
033	최진영	내가 되는 꿈
034	구병모	바늘과 가죽의 시詩
035	김미월	일주일의 세계
036	윤고은	도서관 런웨이